Небеса I

Нејзиниот сјај прилегаше на најдрагоцен камен,
како светол камен јаспис.
(Откровение 21:11)

Небеса 1

Јасни И Прекрасни Како Кристал

Д-р Церок Ли

Небеса I: Јасни И Прекрасни Како Кристал од Др. Церок Ли
Објавена од страна на Урим Книги (Претставник: Kyungtae Noh)
73, Шиндејбанг-донг 22, Донгџак-гу, Сеул Ј. Кореја
www.urimbooks.com

Сите права се задржани. Оваа книга или некои нејзини делови, не смеат да бидат репродуцирани во било која форма, да се чуваат во обновувачки систем, или да бидат пренесувани во било каква форма или преку било какви средства, електронски, механички, преку фотокопирање, снимање или на некој друг начин, без претходна писмена дозвола од страна на издавачот.

Авторско право © 2016 од д-р Церок Ли.
ISBN: 979-11-263-0069-3 04230
ISBN: 979-11-263-0068-6 (set)
Преведувачко Авторско Право © 2013 од страна на Др. Естер К. Чанг. Употребено со дозвола.

Претходно објавено на Кореански од страна на Урим Книги во 2002

Прво Издание март 2016

Уредено од страна на Др. Геумсун Вин
Дизајнирано од страна на Уредувачкото Биро на Урим Книги
Отпечатено од страна на Јевон Компанија за Печатење
За повеќе информации ве молиме контактирајте ги: urimbook@hotmail.com

Предговор

Богот на љубовта не само што го води секој верник по патот на спасението туку исто така му ги открива и тајните на небесата.

Најмалку еднаш во текот на животот, човек си ги поставува прашањата како што се, „Каде ќе одам по животот на овој свет?" или „Дали небесата и пеколот навистина постојат?"

Многу луѓе умираат пред да ги најдат одговорите на овие прашања, па дури и ако веруваат во животот по смртта, не секој ги поседува небесата бидејќи не секој го има соодветното знаење за нив. Небесата и пеколот не се фантазија туку реалност во духовното кралство.

Од една страна, небесата се толку убави места што не може да се споредат со што и да е на овој свет. Особено, убавината и среќата во Новиот Ерусалим, каде што се наоѓа Божјиот Престол, не може соодветно да се опише бидејќи тој е направен од најдобрите материјали и преку небесните вештини.

Од друга страна пак, пеколот е полн со бескрајната, трагична болка и вечната казна; неговата ужасна реалност е опишана во поединости во книгата Пекол. Небесата и пеколот ги осознаваме преку Исуса и Апостолите, а дури и денес, тие во поединости се откриваат преку луѓето на Бога кои што ја имаат искрената вера во Него.

Небесата се местото каде што чедата Божји уживаат во вечниот живот и во неверојатните, убави и чудесни нешта што се подготвени за нив. Така да вие тоа го осознавате во детали само тогаш кога Бог ќе ви го дозволи тоа и ќе ви го покаже.

Јас се молев и постев континуирано во текот на седум години за да ги осознаам небесата и за да почнам да ги добивам одговорите од Бога. Сега Бог, во поголема длабочина ми покажува многу повеќе од тајните на духовното кралство.

Бидејќи небесата не се видливи, многу е тешко да се опишат со јазикот и знаењето на овој свет. Исто така, може да се јават и некои недоразбирања околу нив. Затоа апостолот Павле не можел да кажува во поединости за Рајот на Третите Небеса што го видел во визијата.

Бог исто така ме научи на многуте тајни за небесата, и во текот на многу месеци јас проповедав за среќниот живот и различните места и награди на небесата, според мерката на верата. Сепак, не можев во детали да го проповедам сето она што го научив.

Причината зошто Бог ми дозволи да ги прикажам тајните на духовното кралство преку оваа книга е да спасам колку што е можно повеќе души и да ги поведам кон небесата, кои што се јасни и прекрасни како кристал.

Му благодарам и го славам Бога поради тоа што ми дозволи да ја објавам *Небеса I: Јасни И Прекрасни Како Кристал*, опис на местата кои што се јасни и прекрасни како кристалот и исполнети со славата Божја. Се надевам дека ќе ја сфатите големата Божја љубов што им ги покажува тајните на небесата и ги води сите луѓе по патот на спасението, за да можат да се здобијат со истото. Исто така се надевам дека и вие ќе тежнеете кон целта на вечниот живот во Новиот Ерусалим.

Му благодарам на Геумсун Вин, директорот на Уредничкото Биро и на персоналот на истото, како и на Преведувачкото Биро за нивната напорна работа во објавувањето на оваа книга. Се молам во името на Господа, да преку оваа книга многу луѓе бидат спасени и да се стекнат со вечниот живот во Новиот Ерусалим.

Џерок Ли

Вовед

Со надеж дека секој од вас ќе ја согледа долгата и трпелива Божја љубов, во потполност ќе се здобие со духот и ќе поита кон Новиот Ерусалим.

Му ја одавам целата благодарност и слава на Бога кој што поведе голем број на луѓе кон соодветното согледување на духовното кралство и кон итањето кон целта со надежта за рајот, преку објавувањето на *Пеколот* и дводелниот серијал за *Небесата*.

Оваа книга е составена од десет глави и ви овозможува јасно да се запознате со животот и убавината, како и со различните места на небесата и со наградите кои што ќе ви се доделат во согласност со мерката на верата. Тоа е она што Бог, преку инспирацијата на Светиот Дух, му го откри на пречесниот д-р Церок Ли.

Глава 1 „Небеса: Јасни И Прекрасни Како Кристал" ја опишува вечната среќа на небесата преку разгледувањето на општата претстава за истите, каде што нема да има потреба од светлината на сонцето или пак на месечината.

Глава 2 „Градината Едемска И Предворјето На Небесата" ја објаснува локацијата, општите претстави и животот во Градината Едемска за да ви помогне во подоброто разбирање на небесата. Оваа глава исто така ви раскажува за планот и Божјото провидение во засадувањето на дрвото на познавањето на доброто и на злото и за духовното култивирање на човечките суштества. Дополнително, ви кажува за Предворјето каде што спасените луѓе чекаат сè до Судниот Ден, како и за животот на тоа место и за тоа какви се луѓето што веднаш влегуваат во Новиот Ерусалим, без да чекаат тука.

Глава 3 „Седумгодишна Свадбена Веселба" го објаснува Второто Доаѓање на Исуса Христа, Седумгодишните Големи Страдања, Господовото враќање на земјата, Милениумот и вечниот живот кој следи потоа.

Глава 4 „Тајните На Небесата Скриени Уште Од Времето На Создаието" ги опфаќа тајните на небесата што беа откриени преку параболите на Исуса и ви кажува како да ги поседувате небесата, каде што има многу места за живеење.

Глава 5 „Како Ќе Живееме На Небесата?" ја објаснува височината, тежината и бојата на кожата на духовното тело и за тоа како ќе живееме таму. Со различните примери од радосниот живот на небесата, оваа глава исто така ве упатува силно да напредувате кон небесата со големата надеж за истите.

Глава 6 „Рај" го објаснува Рајот кој што е на најниското ниво во рамките на небесата, но сепак е многу поубаво и посреќно од овој свет. Таа исто така и ги опишува луѓето кои што ќе влезат во Рајот.

Глава 7 „Првото Небесно Кралство" ги објаснува животот и наградите во Првото Кралство, што ќе ги вдоми оние кои што го прифатиле Исуса Христа и се обиделе да живеат според Словото Божјо.

Глава 8 „Второто Небесно Кралство" се занимава со животот и наградите во Второто Кралство каде што ќе влезат оние кои што не ја достигнале светоста во целост, но сепак си ги извршувале своите должности. Исто така ја нагласува важноста на покорноста и извршувањето на должностите на поединецот.

Глава 9 „Третото Небесно Кралство" ја објаснува убавината и славата на Третото Кралство, што не може да се спореди со Второто Кралство. Третото Кралство е местото резервирано само за оние кои што ги отфрлиле сите нивни гревови – дури и гревовите во нивната природа – со нивните сопствени напори и со помошта на Светиот Дух. Тука е објаснета љубовта Божја, кој што дозволува тестови и искушенија.

Најпосле, Глава 10 „Новиот Ерусалим" го претставува Новиот Ерусалим, најубавото и најславното место на небесата, каде што се наоѓа Божјиот Престол. Таа ги опишува луѓето кои што ќе влезат во Новиот Ерусалим. Оваа глава завршува така што им дава надеж на читателите преку примерите на куќите на двајца од луѓето што ќе влезат во Новиот Ерусалим.

Бог ги подготвил небесата што се јасни и прекрасни како кристал за Неговите сакани чеда. Тој сака што е можно повеќе луѓе да бидат спасени и затоа нестрпливо очекува да ги види Неговите чеда како влегуваат во Новиот Ерусалим.

Се надевам во името на Господа дека сите читатели на *Небеса I: Јасни И Прекрасни Како Кристал* ќе ја согледаат големата љубов Божја, ќе го достигнат целиот дух со срцето на Господа и нестрпливо ќе поитаат кон Новиот Ерусалим.

Геумсум Вин
Директор на Уредничкото Биро

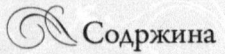

Предговор

Вовед

Глава 1 **Небеса: Јасни И Прекрасни Како Кристал • 1**
    1. Новото Небо И Новата Земја
    2. Реката Со Водата На Животот
    3. Престолот На Бога И На Агнецот

Глава 2 **Градината Едемска И Предворјето На Небесата • 23**
    1. Градината Едемска Каде Што Живеел Адам
    2. Луѓето Се Култивирани Тука На Земјата
    3. Предворјето На Небесата
    4. Луѓето Кои Што Не Престојуваат Во Предворјето

Глава 3 **Седумгодишната Свадбена Веселба • 53**
    1. Враќањето На Господа И Седумгодишната Свадбена Веселба
    2. Милениумот
    3. Небесата Доделени Како Награда По Судниот Ден

Глава 4 **Тајните На Небесата Скриени Уште Од Времето На Создавањето • 81**
    1. Тајните На Небесата Се Откриваат Уште Од Времето На Исуса
    2. Тајните На Небесата Откриени На Крајот На Времето
    3. Во Домот На Мојот Отец Има Многу Места За Живеење

Глава 5 **Како Ќе Живееме На Небесата? • 115**
    1. Севкупниот Начин На Живеење На Небесата
    2. Облеката На Небесата
    3. Храната На Небесата
    4. Транспортот На Небесата
    5. Забавата На Небесата
    6. Пофалните Служби, Образованието И Културата На Небесата

Глава 6 **Рај • 147**
    1. Убавината И Среќата На Рајот
    2. Каков Вид На Луѓе Одат Во Рајот?

Глава 7 **Првото Небесно Кралство • 165**
    1. Неговата Убавина И Среќа Го Надминува Рајот
    2. Каков Вид На Луѓе Ќе Одат Во Првото Кралство?

Глава 8 **Второто Небесно Кралство • 181**
    1. Прекрасните Индивидуални Куќи Наменети За Секој Човек
    2. Каков Вид На Луѓе Ќе Отидат Во Второто Кралство?

Глава 9 **Третото Небесно Кралство • 201**
    1. Ангелите Ќе Му Служат На Секое Божјо Чедо
    2. Каков Вид На Луѓе Ќе Отидат Во Третото Кралство?

Глава 10 **Новиот Ерусалим • 221**
    1. Луѓето Во Новиот Ерусалим Ќе Се Гледаат Со Бога Лице Во Лице
    2. Каков Вид На Луѓе Ќе Одат Во Новиот Ерусалим?

Глава 1

Небеса: Јасни И Прекрасни Како Кристал

1. Новото Небо И Новата Земја
2. Реката Со Водата На Животот
3. Престолот На Бога И На Агнецот

И ми ја покажа чистата река
со водата на животот,
бистра како кристал,
која што истекуваше од престолот на
Бога и на Агнецот.
Среде главната улица
и од двете страни на реката беше –
дрвото на животот,
што раѓа дванаесет плодови,
давајќи плод секој месец;
а лисјата на дрвото служат за
исцелувањето на народите.
И нема веќе да има никакво проклетство;
Престолот на Бога и на
Агнецот ќе биде во него,
Неговите слуги ќе Му служат;
И ќе го Гледаат лицето Негово,
а името Негово ќе им биде
на челата нивни.
И ноќ нема да има таму;
и не ќе имаат потреба од светла
ниту пак од сончевата светлина,
бидејќи Господ Бог ќе ги осветлува;
и ќе владеат во век и веков.

- Откровение 22:1-5 -

Многу луѓе се прашуваат, „Ако се кажува дека може да имаме среќен вечен живот на небесата – за какво место тогаш станува збор?" Доколку ги слушнете сведочењата на оние кои што биле на небесата, може да слушнете дека повеќето од нив поминале низ долг тунел. Сето ова е така бидејќи небесата се во небесното кралство, кое што е многу поинакво од светот во кој што вие живеете.

Оние кои што живеат во овој тродимензионален свет не знаат за небесата во детали. Вие го осознавате овој неверојатен свет, над тродимензионалниот свет, само кога Бог ќе ви каже за истиот или кога се отворени вашите духовни очи. Доколку детално знаете за ова духовно царство, не само што вашата душа ќе биде среќна туку исто така и вашата вера бргу ќе израсне и вие ќе бидете сакани од Бога. Затоа, Исус ви ги кажува тајните на небесата низ многуте параболи а апостолот Јован во детали ги објаснува небесата во Откровението.

Тогаш, какво место се небесата и како ќе живеат луѓето таму? Вие накратко ќе можете да погледнете во небесата, јасни и прекрасни како кристалот, што Бог ги подготвил за вечно да ја споделува Неговата љубов со Неговите чеда.

1. Новото Небо И Новата Земја

Првото небо и првата земја кои што ги создал Бог биле јасни и прекрасни како кристалот, но тие биле проколнати поради непочитувањето од страната на Адама, првиот човек.

Исто така, брзата и експанзивната индустријализација и развојот на науката и техниката ја загадиле оваа планета и денеска сѐ повеќе има луѓе кои што апелираат на заштитата на природата.

Затоа, кога ќе дојде соодветното време, Бог ќе ги стави настрана првото небо и првата земја и ќе ги открие новото небо и новата земја. Иако оваа земја станла загадена и гнила, сеуште е неопходна за подигањето на вистинските чеда Божји коишто ќе можат и ќе влезат во рајот.

На почетокот, Бог ја создаде земјата, а потоа и човекот, и го одведе човекот во Градината Едемска. Тој му ја дал целосната слобода и изобилие, дозволувајќи му сѐ што сака освен да јаде од плодот на дрвото на познавањето на доброто и злото. Човекот, сепак, не го испочитувал единственото нешто што Бог му го забранил и следствено на тоа бил истеран на оваа земја, првото небо и првата земја.

Бидејќи семоќниот Бог знаел дека човечкиот вид ќе тргне по патот на смртта, Тој го подготвил Исуса Христа, дури и пред почетокот на времето и го испратил тука на оваа земја во вистинското време за тоа.

Затоа, секој што ќе го прифати Исуса Христа кој што бил распнат и воскреснал, ќе се преобрати во ново создание и ќе оди на новото небо и на новата земја и ќе ужива во вечниот живот.

Синото Небо На Новите Небеса Јасно Како Кристалот

Небото на новите небеса што Господ го подготвил е

исполнето со чист воздух за да биде навистина јасно, чисто, и незагадено, како една потполна спротивност со воздухот на овој свет. Замислете си чисто и високо небо со совршени бели облаци. Колку ли прекрасно и убаво би било тоа!

Тогаш зошто Бог ќе го направи новото небо сино? Духовно, самата сина боја прави да почувствувате длабочина, височина и чистота. Водата е онолку чиста колку што изгледа сина. Како што погледнувате во синото небо, така може да почуствувате како вашето срце станува освежено. Бог направил да небото на овој свет изгледа сино бидејќи Тој го направил вашето срце чисто и ви го дал срцето за да го барате Создателот. Доколку можете да се исповедате, гледајќи во синото, чисто небо, „Мојот Создател мора да е таму горе. Тој направил сé да биде толку прекрасно!" тогаш вашето срце ќе биде исчистено и вие ќе бидете принудени да водите подобар живот.

Што ако целото небо беше жолто? Наместо да се чувствуваат пријатно, луѓето би се чувствувале непријатно и збунето, а некои дури може да почнат и да страдаат од некои ментални проблеми. Слично на ова, умовите на луѓето може да бидат придвижени, освежени или збунети, во согласност со различните бои. Затоа Бог го има направено небото на новите небеса во сина боја и на истото има поставено бели облаци за да можат Неговите чеда среќно да живеат, со срцата што се јасни и прекрасни како кристалот.

Новата Земја На Небесата Направена Од Чистото Злато И Скапоцените Камења

Тогаш, како ли ќе изгледа новата земја на небесата? На

новата земја на небесата, која што Бог ја направил чиста и јасна како кристал, нема почва или прав. Новата земја се состои единствено од чистото злато и скапоцените камења. Колку ли фасцинантно би било да се биде на небесата каде што има сјајни патишта направени од чистото злато и скапоцените камења!

Оваа земја е направена од почва, што може да се измени со текот на времето. Оваа промена ви укажува на минливоста и смртта. Бог дозволил да сите растенија растат, даваат плод и да исчезнуваат во почвата, за да можете да сфатите дека животот на оваа земја има крај.

Небесата се направени од чистото злато и скапоцените камења што не се менуваат бидејќи небесата се вистинскиот и вечниот свет. Исто така, како што растенијата растат на оваа земја, така тие ќе растат и на небесата кога ќе бидат засадени. Сепак, тие никогаш нема да изумрат или исчезнат, за разлика од оние на оваа земја.

Дополнително, дури и ридиштата и замоците се направени од чистото злато и скапоцените камења. Колку ли заслепувачки и убави би биле тие! Вие треба да ја имате вистинската вера за да не ја испуштите оваа убавина и среќа во рајот, која што не може соодветно да се опише со никакви зборови.

Исчезнувањето На Првото Небо И Првата Земја

Што ќе се случи со првото небо и првата земја кога ова убаво ново небо и нова земја ќе се појават?

И видов голем бел престол и го видов Него седнаш на него, од чие што присуство побегнаа земјата и небото, и за нив место не се најде (Откровение 20:11).

И видов ново небо и нова земја, зашто поранешната земја помина, и морето го немаше веќе (Откровение 21:1).

Кога на луѓето култивирани на оваа земја ќе им се суди за доброто и за злото, првото небо и првата земја ќе поминат. Тоа значи дека нив нема целосно да ги снема туку наместо тоа тие ќе бидат префрлени на друго место.

Тогаш зошто Бог би ги префрлал првото небо и првата земја наместо потполно да се ослободи од нив? Сето ова е така, бидејќи на Неговите чеда кои што ќе живеат на небесата ќе им недостига првото небо и првата земја доколку Тој потполно ги уништи нив. Иако тие страдале од тешкотиите и тагата на првото небо и првата земја, ним понекогаш ќе им недостасуваат бидејќи некогаш порано им биле нивен дом. Поради тоа, знаејќи го ова, Богот на љубовта ќе ги префрли во другиот дел на универзумот и нема целосно да се ослободи од нив.

Универзумот во кој што вие живеете е бескраен свет, и постојат и многу други универзуми. Па така да Бог ќе ги префрли првото небо и првата земја во некој агол на универзумот и ќе им допушти на Неговите чеда да ги посетуваат кога за тоа ќе имаат потреба.

Таму Нема Солзи, Тага, Смрт Или Болести

Новото небо и новата земја, каде што ќе живеат чедата Божји спасени преку верата, го немаат проклетство врз себе и затоа тие ќе бидат исполнети само со среќа. Во Откровението 21:3-4, вие може да прочитате дека нема солзи, тага, смрт, очај или болести на небесата, бидејќи таму се наоѓа Бог.

> *И чув јак глас од тронот како зборува, „Ете ја скинијата Божја меѓу луѓето, и Тој ќе живее со нив; тие ќе бидат Неговиот народ, а Бог Самиот ќе биде со нив; и ќе ја избрише Бог секоја солза од очите нивни, и смрт нема да има повеќе; ни плач, ни пискот, ниту болка нема да има повеќе, бидејќи поранешното помина."*

Колку ли тажно би било доколку вие гладувате па дури и вашите деца да плачат за храна бидејќи се гладни? Која би била користа доколку некој дојде и ви каже, „Вие сте толку гладни што ги пролевате вашите солзи поради тоа," и ви ги избрише вашите солзи, но не ви даде ништо друго? Што би била вистинската помош тука? Тој би требало да ви даде нешто за јадење за да вие и вашите деца не гладувате повеќе. Дури потоа, вашите солзи и солзите на вашите деца ќе можат да сопрат.

Слично на тоа, кажувањето дека Бог ќе ја избрише секоја солза од вашите очи, значи дека доколку сте спасени и одите на небесата, таму повеќе ќе нема за што да се грижите бидејќи таму на небесата нема солзи, тага, смрт, пискот или болести.

Од една страна, без оглед дали верувате во Бога или не, ќе мора да живеете со некаква тага на оваа земја. Световните луѓе премногу тагуваат, дури и ако им се случи и некаква најмала загуба во животот. Од друга страна пак, оние кои што веруваат, ќе тагуваат со љубовта и милоста за оние кои сеуште не се спасени.

Штом еднаш отидете на небесата, вие веќе нема да ја имате потребата да се грижите за смртта или за грешењето на другите луѓе и поради нивното паѓање во вечната смрт. Вие нема да страдате од греввите, па следствено на тоа нама да може ниту да има некаква тага.

На оваа земја, кога сте исполнети со тагата, вие очајувате. На небесата, сепак, нема потреба за очајување бидејќи нема да има никакви болести ниту грижи. Таму единствено ќе постои вечната среќа.

2. Реката Со Водата На Животот

На небесата, Реката со Водата на животот, бистра како кристалот, тече по средината на главната улица. Откровението 22:1-2 ја објаснува Реката со Водата на Животот, така да вие можете да бидете срќни само и да си го замислите тоа.

> И ми ја покажа чистата река со водата на животот, бистра како кристал, која што истекуваше од престолот на Бога и на Агнецот.

Среде главната улица и од двете страни на реката – дрвото на животот, што раѓа дванаесет плодови, давајќи плод секој месец; а лисјата на дрвото служат за исцелувањето на народите.

Јас еднаш пливав во особено бистрата вода на Тихиот Океан, а водата беше толку бистра што дури можев да ги видам растенијата и рибите во него. Беше навистина толку убаво што бев среќен што сум таму. Дури и на овој свет, можете да почувствувате како вашето срце се освежува и прочистува кога ќе погледнете во некоја бистра вода. Колку ли посреќни ќе бидете на небесата каде што реката со водата на животот, што е бистра како кристалот, ќе тече по средината на главната улица!

Реката Со Водата На Животот

Дури и во овој свет, доколку погледнете во чистото море, можете да го видите изгрејсонцето како се одразува на површината и прекрасно сјае. На небесата, реката со Водата на Животот, уште од далечината изгледа сино, но доколку ја погледнете од поблиску, таа ќе ви изгледа толку проѕирна, убава, беспрекорна и чиста, што веднаш ќе морате да кажете „бистра е како кристал."

Зошто, тогаш, Реката со Водата на Животот истекува од Престолот на Бога и на Агнецот? Духовно, водата се однесува на Словото Божјо, што е храната на животот а вие се стекнувате со вечниот живот преку Словото Божјо.

Исус кажува во Јован 4:14, *„А оној кој што ќе се напие од водата, што Јас ќе му ја дадам, никогаш нема да ожедни; бидејќи таа во него ќе стане изворот на вода, што ќе тече во вечниот живот."* Словото на Бога ја претставува Водата на Вечниот Живот што вам ви го дава животот, па затоа Реката со Водата на Животот истекува од Престолот на Бога и на Агнецот.

Каков, тогаш, би бил вкусот на Водата на Животот? Тоа е нешто толку слатко што вие не можете да го доживеете на овој свет, и вие ќе се почувствувате исполнети со енергија веднаш штом ќе ја испиете. Бог им ја дал Водата на Животот на човечките суштества, но по Падот на Адама водата на оваа земја била проколната заедно со сите други нешта на неа. Од тогаш, луѓето не се веќе во можност да ја вкусат Водата на Животот на оваа земја. Вие ќе бидете во можност да ја вкусите оваа вода само откако ќе отидете на небесата. Луѓето на оваа земја пијат загадена вода и ги бараат вештачките пијалоци како што се газираните пијалоци наместо водата. Слично на тоа, водата на оваа земја, никогаш не би можела да ви го даде вечниот живот. Тоа може да го направи само Водата на Животот на небесата, всушност словото Божјо. Тоа е тоа што може да ви го даде вечниот живот. Таа е послатка и од медот и од капките во саќето со мед и ќе му ја даде силата на вашиот дух.

Реката Тече Низ Целата Небеса

Реката со Водата на Животот тече од Престолот на Бога и на Агнецот и е иста како и крвта што ве одржува во животот циркулирајќи низ вашето тело. Таа тече низ сите небеса минувајќи по средината на главната улица и се враќа назад кон Престолот на Бога. Зошто тогаш, оваа Река со Водата на Животот тече низ сите небеса минувајќи по средината на главната улица?

Како прво, оваа Река со Водата на Животот го претставува најлесениот начин да се дојде до Престолот на Бога. Така што, за да отидете до Новиот Ерусалим каде што се наоѓа Тронот Божји, вие треба само да ја следите улицата што е направена од чисто злато, од двете страни на реката.

Како второ, во самото слово Божјо се наоѓа патот до небесата, и вие можете да влезете во небесата само кога ќе го следите овој пат на словото Божје. Како што Исус кажал во Јован 14:6, *„Јас сум патот, вистината и животот; никој не може да дојде кај Отецот, освен преку Мене,"* постои пат до небесата, во Божјото Слово на вистината. Кога дејствувате во склад со Словото Божјо, вие тогаш можете да влезете на небесата каде што тече Словото на Бога, Реката со Водата на Животот.

Исто така, Бог ги создал Небесата на таков начин што само следејќи ја Реката со Водата на Животот, вие ќе можете да пристигнете во Новиот Ерусалим каде што се наоѓа Престолот Божји.

Златните И Сребрените Песоци Покрај Бреговите На Реката

Што ќе има на бреговите на Реката со Водата на Животот? Вие прво ќе забележите златни и сребрени песоци кои ќе бидат распослани на долго и на широко. Песокот на небесата е толку заоблен и толку мек што тој нема да може да ви навлезе во облеката дури и ако силно скокате врз него.

Исто така, ќе има и многу удобни клупи кои што ќе бидат украсени со злато и скапоцени камења. Така да кога ќе седнете на клупата со вашите драги пријатели и ќе водите блажени разговори, ќе бидете служени од убавите ангели.

Тука на оваа земја, вие им се восхитувате на ангелите, но на небесата ангелите ќе ви се обраќаат со „господару" и ќе ве служат по вашата желба. Доколку сакате да добиете овошје, ангелот ќе ви донесе овошје во една кошница украсена со скапоцени камења или со цвеќиња и веднаш ќе ви ја подаде.

Понатаму, на двете страни од Реката со Водата на Животот ќе се наоѓаат многу прекрасни цвеќиња во различни бои, многу птици, инсекти и животни. Тие исто така ќе ви служат како на господар и вие ќе можете да ја споделите вашата љубов со нив. Колку ли се прекрасни и убави овие небеса со Реката со Водата на Животот!

Дрвото На Животот На Двете Страни Од Реката

Откровение 22:1-2 во детали ни го објаснува дрвото на животот што се наоѓа на секоја страна од Реката со Водата на Животот.

И ми ја покажа чистата река со водата на животот, бистра како кристал, која што истекуваше од престолот на Бога и на Агнецот. Среде главната улица и од двете страни на

> *реката – дрвото на животот, што раѓа дванаесет плодови, давајќи плод секој месец; а лисјата на дрвото служат за исцелувањето на народите.*

Зошто тогаш, Бог го ставил дрвото на животот што дава плод дванаесет пати годишно на двете страни од реката?

Првенствено, Бог сакал сите Негови чеда кои што влегле во рајот да ја почувствуваат убавината и животот на небесата. Тој исто така сакал да ги потсети луѓето дека тие го носат плодот на Светиот Дух кога дејствуваат во склад со словото Божјо, исто како што можат да се прехранат со потта на своето чело.

Вие тука мора да сфатите едно нешто. Давањето на дванаесетте плодови не значи дека само едно дрво дава дванаесет плодови, туку дванаесетте различни дрвја на животот даваат различни плодови. Во Библијата може да видите дека дванаесетте племиња на Израел се формирани преку дванаесетте сина на Јакова и преку овие дванаесет племиња бил создаден народот на Израел, и народите што го прифатија Христијанството се подигнаа насекаде низ светот. Дури и Исус избрал дванаесет ученици и преку нив и нивните ученици било проповедано евангелието и ширено кај сите народи.

Затоа, дванаесетте плодови од дрвото на животот симболизираат дека секој народ, доколку ја следи верата, може да го донесе плодот на Светиот Дух и да влезе на небесата.

Доколку јадете од убавото и разнобојното овоштие на

дрвото на животот, вие ќе се почуствувате освежени и ќе бидете посреќни. Исто така, штом едно од овошјата ќе биде набрано, друго веднаш ќе го замени неговото место, така да никогаш нема да снема од него. Лисјата на дрвото на животот се темно зелени и сјајни и ќе останат такви засекогаш бидејќи не се нешто што се менува или јаде. Овие зелени и сјајни лисја се многу поголеми отколку лисјата на дрвјата во овој свет и тие растат на еден посебен начин.

3. Престолот На Бога И На Агнецот

Откровение 22:3-5 ни опишува дека Престолот на Бога и на Агнецот се наоѓа во средиштето на небесата.

> *И нема веќе да има никакво проклетство; престолот на Бога и на Агнецот ќе биде во него, Неговите слуги ќе Му служат и ќе Го гледаат лицето Негово, а името Негово ќе им биде на челата нивни; и нок нема да има таму, и нема да имаат потреба од светла, ниту од сончевата светлина, бидејќи Господ Бог ќе ги осветлува и ќе владеат во век и веков.*

Престолот Е Во Средиштето На Небесата

Небесата се вечното место каде владее Бог со љубовта и праведноста. Во Новиот Ерусалим што се наоѓа во средиштето на небесата се наоѓа и престолот на Бога и на

Агнецот. Агнецот тука се однесува на Исуса Христа (Исход 12:5; Јован 1:29; 1 Петар 1:19).

Не секој ќе може да влезе во местото каде што Бог вообичаено престојува. Тоа е сместено во просторот со поинаква димензија отколку самиот Нов Ерусалим. Престолот на Бога на ова место е многу поубав и појасен отколку оној во Новиот Ерусалим.

Божјиот Трон во Новиот Ерусалим е таму каде што Самиот Бог се спушта кога Неговите чеда го обожуваат или одржуваат забави. Откровение 4:2-3 ни објаснува како Бог седи на Неговиот Престол.

И веднаш бев во духот. И ете, на небото стоеше престол и Еден кој што седеше таму. Оној, Кој што седеше, изгледаше како камен јаспис и сардис, а околу престолот имаше виножито, кое што прилегаше на смарагдот.

Околу Престолот седат дваесет и четворица старци, облечени во бели алишта со златни венци на нивните глави. Пред Престолот се наоѓаат Седумте Божји Духови и стакленото море, бистро како кристал. Во средиштето и околу Престолот има четири живи суштества и многу небесни сили и ангели.

Како дополнение, Божјиот Престол е прекриен со светлина. Тој е толку прекрасен, воодушевувачки, величествен, возвишен и голем што е над секое човечко поимање. Исто така, на десната страна од Божјиот Престол се наоѓа Престолот на Агнецот, на нашиот Господ Исус. Тој е дефинитивно различен од престолот на Бога, но Божјото Тројство, Таткото, Синот и Светиот Дух го имаат истото срце, особини и сила.

Повеќе детали за Божјиот Престол ќе бидат прикажани во *Втората Книга на Небесата* насловена како *„Исполнетоста со Божјата Слава."*

Нема Ноќ И Нема Ден

Господ владее со небесата и универзумот со неговата љубов и праведност од Неговиот Престол што е осветлен со светата и прекрасна светлина на славата. Престолот е среде небесата и покрај Престолот на Бога се наоѓа престолот на Агнецот, и тој исто така сјае со светлината на славата. Затоа на рајот не му се потребни сонце или месечина, ниту било какво друго осветлување или електрична енергија да го осветлува. Нема ноќ или ден во рајот.

Покрај другото, Евреи 12:14 ви укажува *„Грижете се да имате мир со сите и светост, без која никој нема да Го види Господа."* Исус во Матеј 5:8 ви го ветува следново *„Блажени се чистите по срце, оти тие ќе Го видат Бога."*

Затоа, оние верници кои се ослободени од сето зло во нивните срца и потполно го почитуваат словото Божјо, може да го видат образот Божји. До оној степен до кој тие наликуваат на Бога, верниците ќе бидат благословени во овој свет, и ќе живеат поблиску до Престолот на Бога на небесата исто така.

Колку ли среќни ќе бидат луѓето доколку може да го видат

образот на Бога, да му служат и да ја споделуваат љубовта со Него засекогаш! Сепак, исто како што не можете директно да гледате во сонцето поради неговата светлина, оние кои што не наликуваат на срцето на Господа, не ќе можат одблиску да погледаат во Бога.

Уживањето На Вистинска Среќа Засекогаш На Небесата

Вие ќе може да бидете вистински среќни во сѐ што ќе направите на небесата, бидејќи тоа претставува дар што Бог со неисцрпната љубов за Неговите чеда, Ви го подарува. Ангелите ќе ги служат чедата Божји, како што и се кажува во Евреи 1:14, *„Нели се тие сите службени духови, определени да им служат на оние, кои што ќе го наследат спасението?"* Како што луѓето ги имаат различните мерки на верата, така и големината на куќите и бројот на ангелите кои што ќе ве служат, ќе се разликува според степенот до кој што луѓето ќе наликуваат на Бога.

Тука луѓето ќе бидат служени како принцови или принцези бидејќи ангелите ќе им читаат од умот на нивните господари на кои што им се доделени и ќе им подготвуваат сѐ што ќе посакаат. Како дополнување на сето ова и животните и растенијата ќе ги сакаат чедата Божји и ќе им служат на нив. Животните на небесата безусловно ќе ги почитуваат чедата Божји и понекогаш дури и ќе се обидуваат да направат некои смешни нешта за да им угодат, бидејќи во нив ќе нема зло.

Што да се каже за растенијата на небесата? Секое растение ќе има убав и единствен мирис па кога и да чедата

Божји им се приближат, тие ќе ја испуштаат таа арома. Цвеќињата ќе ја оддаваат најубавата миризба за чедата Божји и миризбата ќе се распространува дури и до најоддалечените места. Миризбата исто така и ќе се обновува веднаш штом ќе се испушти.

Исто така, секој од плодовите од дванаесетте видови на дрвото на животот, ќе има свој посебен вкус. Доколку ја помирисате миризбата на цветовите или јадете од плодовите на дрвото на животот, ќе станете толку освежени и среќни што тоа не ќе може да се спореди со ништо од овој свет.

Понатаму, за разлика од растенијата тука на оваа земја, цветовите на небесата ќе се насмевнуваат кога чедата на Бога ќе им се приближат. Тие дури и ќе танцуваат за нивните господари, а луѓето дури и ќе можат исто така и да разговараат со нив.

Дури и ако некој набере некој цвет, истиот нема да биде оштетен или тажен туку ќе се обнови преку силата Божја. Цветот што ќе биде набран ќе се разложи во воздухот и ќе исчезне. Овошјето изедено од луѓето исто така ќе биде разложено во вид на прекрасни миризби и ќе исчезне преку дишењето.

На небесата ќе постојат четири годишни времиња така да луѓето ќе можат да уживаат во смената на годишните времиња исто така. Луѓето ќе ја почувствуваат љубовта Божја уживајќи во посебните карактеристики на секое годишно време: пролет, лето, есен и зима. Можеби некој ќе запраша, „Ќе страдаме ли пак од врелината на летото и од студенилото на зимата дури и на небесата?" Климата на небесата ќе создава најсовршени услови за живеење на чедата Божји и тие нема да страдаат од топлото или од студеното време. Иако духовните тела не можат да почувствуваат студено или топло дури и на студени или топли места, тие сепак можат да го почувствуваат студениот или топол воздух. Така да никој нема да страда од топлото или студеното време на небесата.

На есен, чедата Божји ќе можат да уживаат во распосланите паднати лисја а во зимата тие можат да го видат белиот снег. Тие ќе можат да уживаат во убавина која што ќе биде попрекрасна отколку било што друго на овој свет. Причината зошто Бог ги создал четирите годишни времиња на небесата била за да им покаже на Неговите чеда дека сé што ќе посакаат ќе им биде подготвено за нивното уживање на небесата. Исто така, тоа ќе претставува и пример на Неговата љубов со која што ќе сака да им угоди на Неговите чеда кога ќе им недостасува оваа земја на која што тие биле култивирани сé додека не постанале вистински чеда Божји.

Небесата се четиридимензионален свет што е неможно да се споредат со овој свет. Тие се исполнети со Божјата љубов и сила и имаат бескрајни случувања и активности што луѓето сега не можат дури ни да ги замислат. Вие ќе дознаете повеќе за среќните вечни животи на верниците на небесата во главата 5.

Само оние чии што имиња се запишани во книгата на животот на Агнецот ќе можат да влезат на небесата. Како што е напишано во Откровението 21:6-8, само оној кој што ќе ја пие Водата на Животот и ќе стане чедото Божјо, ќе може да го наследи кралството Божјо.

> *Потоа ми рече, „Завршено е! Јас сум Алфа и Омега, почетокот и крајот. На жедниот ќе му дарувам од изворот на водата на животот. Оној кој што победува, ќе наследи сè и ќе Му бидам Бог, а тој ќе Ми биде син. А на плашливците и неверниците, на поганите и на убијците, на блудниците и на маѓесниците, на идолопоклониците и на сите што лажеле, делот ќе им биде во езерото, што гори со огнот и сулфурот; тоа е втората смрт."*

Основна должност на човекот е да се плаши од Бога и да ги чува Неговите заповеди (Еклизијаст 12:13). Така доколку не се плашите од Бога или го кршите Неговото слово и продолжувате да грешите дури и ако знаете дека грешите, вие нема да можете да отидете на небесата. Злите луѓе, убијците, прељубниците, маѓесниците и идолопоклониците и луѓето кои што прават нешта кои што се вон здравиот разум, сигурно дека нема да отидат на небесата. Тие го игнорирале Бога, им служеле на демоните и верувале во туѓите Богови следејќи го непријателот Сатана и ѓаволот.

Исто така, оние кои што го лажеле Бога и го мамеле Него, кои што зборуваат и шират ерес против Светиот Дух никогаш нема да отидат на небесата. Како што објаснив во книгата *Пеколот*, овие луѓе ќе страдаат преку вечната казна во пеколот.

Затоа, се молам во името на Господа да вие не само го

прифатите Исуса Христа туку и да се стекнете со правото на Божјото чедо, исто така и да уживате во вечната среќа во овие прекрасни небеса што се јасни како кристалот, преку следењето на словото Божје.

Глава 2

Градината Едемска И Предворјето На Небесата

1. Градината Едемска Каде Што Живеел Адам

2. Луѓето Се Културни Тука На Земјата

3. Предворјето На Небесата

4. Луѓето Кои Што Не Престојуваат Во Предворјето

И насади ГОСПОД Бог
градина во Едем, на истокот;
и таму го смести човекот
што го создаде.
И направи ГОСПОД Бог да израстат
од земјата секакви дрвја,
кои што се убави за гледање
и добри за јадење,
и дрвото на животот среде градината,
и дрвото за познавањето на доброто
и на злото.

- Битие 2:8-9 -

Адам, првиот човек што Бог го создаде, живееше во Градината Едемска како жив дух кој што општи со Бога. Но по подолго време, сепак, Адам го направил гревот на непочитувањето со тоа што изел од дрвото на познавањето на доброто и на злото кое што Бог претходно го забранил. Како резултат на тоа, умрел неговиот дух, кој што всушност е господарот на човекот. Тој тогаш бил истеран од Градината Едемска и морал да живее тука на оваа земја. Така духовите на Адам и на Ева умреле и општењето со Бога било прекинато. Колку ли морало да им недостасува Градината Едемска додека живееле тука на оваа проколната земја?

Сезнајниот Бог знаел за непочитувањето кое ќе дојде од страната на Адама, уште пред и да се случи тоа и затоа го подготвил Исуса Христа и го отворил патот на спасението кога за тоа дошло времето. Секој кој што ќе се спаси со верата, ќе ги наследи небесата, а тие се многу подобри и од Градината Едемска.

Откако Исус воскреснал и отишол на небесата, Тој го подготвил предворјето каде што оние луѓе кои што се спасени ќе можат да останат сé до Судниот Ден, притоа подготвувајќи ги живеалиштата за нив. Да фрлиме еден поглед на Градината Едемска и на Предворјето на Рајот со цел што подобро да ги разбереме небесата.

1. Градината Едемска Каде Што Живеел Адам

Битие 2:8-9 ни ја објаснува Градината Едемска. Тоа е местото каде што живееле првиот човек и првата жена што ги создал Бог, Адам и Ева.

> *И насади ГОСПОД Бог рај во Едем, на истокот; и таму го смести човекот што го создаде. И направи ГОСПОД Бог да израстат од земјата секакви дрвја, убави за гледање и добри за јадење, и дрвото на животот среде рајот и дрвото за познавање на доброто и на злото.*

Градината Едемска беше местото каде што Адам, живиот дух, требаше да живее, па така да таа мораше да биде направена некаде во духовниот свет. Тогаш, каде денеска се наоѓа Градината Едемска, домот на првиот човек Адам?

Локацијата На Градината Едемска

Бог ви ги споменува „небесата" на многу места во Библијата за да ви укаже дека тоа се местата во духовниот свет, над небото што можете да го видите со вашето голо око. Тој го користи изразот „небеса" за да ви помогне да ги разберете местата што му припаѓаат на духовниот свет.

> *Ете, на ГОСПОДА твојот Бог, му припаѓаат небесата и највисоките нивоа на небесата, земјата и сите нешта на неа (Повторени Закони*

10:14).

Тој е оној кој што со Неговата сила ја создал земјата, оној кој што со Неговата мудрост го воспоставил светот; и со разумот Свој ги распрострел небесата (Јеремија 10:12).

Небеса над небесата и водите над небесата, фалете го Него! (Псалм 148:4)

Затоа, треба да разберете дека „небесата" не се само небото што е видливо за нашето голо око. Тоа е само Првото Небо каде што се сместени сонцето, месечината и ѕвездите, а постојат и Втори и Трети Небеса кои што му припаѓаат на духовниот свет. Во 2 Коринтјани 12, апостолот Павле, говори за Третите Небеса. Севкупните небеса од Рајот до Новиот Ерусалим се во овие Трети Небеса.

Апостолот Павле бил во Рајот, што е местото за оние кои што ја имале најмала вера и се најдалеку од престолот на Бога. И таму тој ги слушнал тајните на небесата. Сепак, тој се исповедал дека тоа се „нешта кои што на еден човек не му се дозволени да ги искаже."

Тогаш, да видиме каков вид на духовен свет се Вторите Небеса? Тие се различни од Третите Небеса и од Градината Едемска што се наоѓа тука. Најголем дел од луѓето сметале дека Градината Едемска се наоѓа на оваа земја. Многу од библиските научници и истражувачи ги продолжиле археолошките истражувања и проучувања во околината на Месопотамија и на горните текови на Еуфрат и Тигар, на

Блискиот Исток. Сепак, тие не успеале да откријат ништо до сега. Причината зошто луѓето не можат да ја најдат Градината Едемска на оваа земја е таа што таа се наоѓа на Вторите Небеса што му припаѓаат на духовниот свет.

Вторите Небеса се исто така местото каде што се наоѓаат злите духови кои што биле истерани од Третите Небеса по побуната на Луцифера. Битие 3:24 кажува, „*Откако го изгони Адама, постави на исток пред Градината Едемска еден херувим и едно огнено оружје, кое што се вртеше и натаму и наваму, за да го зачуваат патот кон дрвото на животот.*" Бог го направил сето ова за да ги спречи злите духови да се здобијат со вечниот живот, влегувајќи во Градината Едемска и јадејќи од дрвото на животот.

Портите Кон Градината Едемска

Сега вие не треба да сфатите дека Вторите Небеса се над Првите Небеса и дека Третите Небеса се над Вторите Небеса. Вие не можете да го разберете просторот на четири димензионалниот свет и повисоко, со разбирањето и знаењето од тродимензионалниот свет. Тогаш, на кој начин се структуирани повисоките небеса? Тродимензионалниот свет што го гледате и духовните небеса се чини дека се издвоени, но во исто време тие и се преклопуваат и се поврзани. Постојат едни порти кои што го поврзуваат тродимензионалниот свет и духовниот свет.

Иако вие не можете да ги видите, тие порти ги поврзуваат Првите Небеса со Градината Едемска во Вторите Небеса. Исто така има и порти кои што водат кон Третите Небеса.

Овие порти не се сместени многу високо, туку воглавно на висината под облаците што вие можете да ги видите од авион.

Во Библијата, можете да согледате дека постојат порти кои што водат кон Небесата (Битие 7:11; 2 Царства 2:11; Лука 9:28-36; Дела на Светите Апостоли 1:9; 7:56). Па така кога портата на небесата ќе се отвори, можно е да се отиде до различни небеса во духовниот свет и оние кои се спасени со верата ќе можат да одат сé до Третите Небеса.

Истиот случај е и со Адот и пеколот. Овие места исто така му припаѓаат на духовниот свет и постојат порти кои што водат кон овие места, исто така. Така да кога луѓето што ја немаат верата ќе умрат, тогаш тие ќе одат долу во Адот, што му припаѓа на пеколот или пак ќе одат директно во пеколот низ овие порти.

Духовните И Физичките Димензии Коегзистираат

Градината Едемска, што им припаѓа на Вторите Небеса, е во духовниот свет, но затоа пак е различна од духовниот свет на Третите Небеса. Таа не е потполниот духовен свет бидејќи таа може да коегзистира со физичкиот свет.

Со други зборови, Градината Едемска е средното ниво помеѓу физичкиот и духовниот свет. Првиот човек Адам бил жив дух, но тој сепак го имал и физичкото тело кое што било создадено од земниот прав. Така да Адам и Ева биле плодни и го зголемиле бројот на своето потомство таму, раѓајќи ги своите деца на истиот начин како што и ние го правиме тоа (Битие 3:16).

Дури и откако првиот човек Адам јадел од дрвото на познавањето на доброто и на злото и бил истеран во овој свет, неговите деца кои што останале во Градината Едемска сеуште живеат сé до ден денеска како живи духови, кои што не ја искусуваат смртта. Градината Едемска е едно многу мирно место каде што не постои смртта. Таа е управувана преку силата Божја и контролирана според правилата и заповедите Божји. Иако таму не постои разлика помеѓу денот и ноќта, Адамовите потомци природно го знаат времето кога да бидат активни, кога е времето за одмор итн.

Исто така, Градината Едемска има многу слични карактеристики кои што има оваа земја. Таа е исполнета со многу растенија, животни и инсекти. Таа исто така има бескрајна и убава природа. Сепак, таму нема високи планини туку само ниски ридови. На овие ридови има некакви градби налик на куќи, но луѓето тука само се одмараат, а не и живеат во тие градби.

Местото За Одмор На Адама И Неговите Деца

Првиот човек Адам живеел многу долго време во Градината Едемска, бил плоден и го зголемувал своето потомство. Бидејќи Адам и неговите деца биле живи духови, тие можеле слободно да се симнуваат и на оваа земја преку портите на Вторите Небеса.

Бидејќи Адам и неговите деца, веќе долго време, ја посетувале земјата како едно нивно место за одмор, вие морате да сфатите дека историјата на човештвото е навистина долга. Некои ја мешаат оваа историја со шесте илјади години старата историја на човечката култивација и затоа не веруваат во Библијата.

Доколку погледнете внимателно на мистериозните антички цивилизации, вие ќе сфатите дека Адам и неговите деца порано слегувале на оваа земја. Пирамидите и Сфингата од Гиза, Египет, на пример, се исто така отпечатоците на Адама и неговите деца, кои што живееле во Градината Едемска. Таквите отпечатоци, што се наоѓаат насекаде низ светот, се создадени со толку посилната, софистицирана и напредна наука и технологија, што дури е неможно да се имитира ниту со модерната наука на денешнината.

На пример, пирамидите содржат извонредни математички пресметки и геометриско и астрономско знаење што единствено можете да го стекнете и разберете преку некои напредни изучувања. Тие ги содржат во себе многуте тајни што би можеле да ги согледате само доколку би ги знаеле точните констелации и циклусот на универзумот. Некои луѓе ги сметаат тие мистериозни антички цивилизации како отпечатоци на вонземјаните од вселената, но преку Библијата, вие ќе можете да ги решите сите нешта што дури и науката не може да ги разбере.

Отпечатокот Од Цивилизацијата Едемска

Адам во Градината Едемска имал незамислив опсег на знаење и вештини. Ова било резултат на подучувањата на Адама од страната на Бога со вистинското знаење и таквото знаење и разбирање се акумулирало и развило со текот на времето. Па така, за Адама кој што знаел сѐ за универзумот и успеал да ја потчини земјата, не претставувало некаков комплициран зафат да се изградат Пирамидите и Сфингата. Бидејќи Бог непосредно го подучувал Адама, првиот човек ги знаел нештата што вие сеуште не ги знаете или кои се обидувате да ги согледате со модерната наука.

Некои од пирамидите биле изградени преку вештината и знаењето на Адама, но другите биле изградени од неговите деца, а имало и такви кои што биле изградени од луѓето на оваа земја кои се обиделе да ги имитираат пирамидите на Адама, по некој подолг временски период. Овие пирамиди имале некои издвоени технолошки разлики. Ова било така бидејќи само Адам ја имал власта дадена од Бога да го потчини сето создание.

Адам живеел многу долго време во Градината Едемска, повремено доаѓајќи на оваа земја, но бил истеран од Градината Едемска откако го извршил гревот на непочитувањето. Сепак, Бог не ги затворил портите што ја поврзуваат земјата и Градината Едемска и извесно време по тоа.

Затоа, Адамовите деца кои што сеуште живееле во Градината Едемска, слободно можеле да доаѓаат на оваа земја и како што почесто доаѓале, тие почнувале да ги земаат ќерките на луѓето за нивни жени (Битие 6:1-4).

Тогаш, Бог ги затворил портите на небото што ја поврзуваат земјата со Градината Едемска. Сепак, патувањата не престанале целосно, туку почнале строго да бидат контролирани како никогаш порано. Вие мора да сфатите дека најмногу од мистериозните и нерешени антички цивилизации ги претставуваат отпечатоците од Адама и неговите деца што се оставени со текот на времето кога тие можеле слободно да доаѓаат на оваа земја.

Историјата На Луѓето И Диносаурусите На Земјата

Зошто, тогаш, се случило да диносарусите живеат на земјата, но одненадеж да бидат истребени? Ова е исто така еден од многу важните докази што ви укажува колку е всушност стара човечката историја. Тоа е тајната што може единствено да се реши прку Библијата.

Бог всушност ги сместил диносаурусите во Градината Едемска. Тие беа мили, но биле истерани на оваа земја бидејќи паднале во стапицата на Сатаната во периодот кога Адам можел слободно да патува во двете насоки кон земјата и назад кон Градината Едемска. Тогаш, диносаурусите кои што биле принудени да живеат на оваа земја постојано морале да бараат нешто за храна. За разлика од времето кога живеле во Градината Едемска, каде што имале сé во изобилие, оваа земја не можела да им создаде доволно храна за диносаурусите кои што биле со големи тела. Тие ги изеле овошјата, житарките и растенијата, а потоа почнале да јадат и животни. Тие за малку што не ја уништиле целата животна средина и синцирот на исхрана. Бог најпосле решил дека не може повеќе да ги задржи диносаурусите на оваа земја и затоа ги истребил со оган од небото.

Денес, многу од научниците докажуваат дека диносаурусите живееле на оваа земја во текот на долг временски период. Тие велат дека диносаурусите живееле пред повеќе од сто и шеесет милиони години. Сепак, ниту едно од нивните тврдења не дава задоволително објаснување како одеднаш се создале толку многу диносауруси и како одеднаш истите биле истребени. Исто така, доколку толку големи диносауруси еволуирале во текот на долг временски период, што тогаш тие би имале за јадење за да го продолжат нивниот живот?

Според теоријата на еволуцијата, пред да се појават толку многу видови на диносауруси, требало да постојат многу повеќе видови на живи суштества од понизок ранг, но сеуште нема ниту еден доказ за тоа. Општо земено, за било кој вид или род на животни да станат истребени, прво се случува нивниот број да се намалува во текот на времето, а потоа целосно да исчезнат. Диносаурусите, сепак, исчезнале одеднаш.

Научниците докажуваат дека ова било резултат на некоја неочекувана промена во времето, вирус, зрачење предизвикано од експлозија на друга ѕвезда или судир на голем метеорит со земјата. Сепак, доколку таквата промена била доволно катастрофална да ги убие сите диносауруси, сите други животни и растенија би требало да бидат уништени исто така. Другите растенија, птици или цицачи, сепак, сите се живи дури и денес, па така реалноста не ја поддржува теоријата на еволуцијата.

Дури и пред диносаурусите да се појават на оваа земја, Адам и Ева живееле во Градината Едемска, понекогаш доаѓајќи на земјата. Вие треба да сфатите дека историјата на земјата е многу долга.

Повеќе детали може да дознаете од „Предавањата за Битието" што јас ги проповедав. Од сега па натаму, би сакал да ви дадам објаснување за убавата природа на Градината

Едемска.

Убавата Природа На Градината Едемска

Во градината вие би лежеле завалени на страна, удобно на една рамнина исполнета со млади дрвја и цвеќиња, примајќи ја светлината што нежно би го обвивала целото ваше тело и би гледале во синото небо каде што пловат чистите бели облаци и образуваат различни форми.

Езерото прекрасно би сјаело под вас и нежното ветренце што носи слатки мириси на цвеќиња нежно би дувкало крај вас. Вие таму ќе можете да водите пријатни разговори со луѓето што ги сакате и да се чувствувате среќни. Понекогаш би легнувале на жбуновите трева или на куповите цвеќиња и би можеле да го почувствувате слаткиот мирис, нежно допирајќи ги цвеќињата. Вие исто така ќе можете да легнете под сенката на дрвото што дава многу големи плодови кои што ќе ви го отвараат апетитот и ќе можете да јадете од овошјето онолку колку што сакате.

Во езерото и во морето ќе има многу видови на разнобојни риби. Доколку сакате ќе можете да одите на плажата која што ќе биде во близина и да уживате во освежувачките бранови или во белиот песок што ќе сјае при изгрејсонцето. Или пак, ако сакате, ќе можете дури и да пливате како рибите.

Прекрасниот елен, зајаците, или пак верверичките со убави, сјајни очи ќе ви се приближуваат и ќе ви прават мили нешта. На големата рамнина многу од животните мирољубиво ќе си играат едни со други.

Значи вака изгледа Градината Едемска, каде што постои исполнетост и опуштеност, мир и радост. Многу луѓе од овој свет најверојатно би сакале да ги остават нивните пренатрупани животи и да имаат ваков мир и смиреност барем само на кратко.

Изобилниот Живот Во Градината Едемска

Луѓето во Градината Едемска иако нема да работат ќе можат да јадат и да уживаат колку што ќе сакаат во што и да е. Таму не постојат грижи, немир или вознемиреност, и градината е единствено исполнета со радост, задоволство и мир. Бидејќи сето таму е управувано според правилата и заповедите Божји, луѓето ќе можат да уживаат во вечниот живот иако нема да работат ништо.

Во Градината Едемска, која што ја има сличната околина како на оваа земја, постојат и многу од особеностите на оваа земја. Сепак, бидејќи околината не се загадува ниту менува уште од времето кога била создадена за прв пат, за разлика од природата на оваа земја се задржала нивната чиста и убава природа.

Исто така, дури и ако луѓето во Градината Едемска вообичаено не носат никакви алишта, тие не се чувствуваат засрамени и го немаат прељубничкиот ум, бидејќи ја немаат грешната природа и го немаат злото во нивните срца. Тоа е нешто како што новороденото бебе слободно си игра голо, целосно мирно и без да обрнува внимание што другите можат да помислат или пак да кажат.

Условите во Градината Едемска им одговараат на луѓето

дури иако тие не носат никакви алишта, па тие дури и не чувствуваат никаква непријатност што се голи. Колку ли е убаво тоа што таму нема лоши инсекти или пак трнови кои што би можеле да ви ја повредат кожата!

Некои луѓе таму си ги носат своите алишта. Тие се водачите на групите со одредена големина. Постојат некои заповеди и прописи и во Градината Едемска исто така. Во една група, постои еден водач и сите членови го почитуваат и го следат него. Овие водачи за разлика од другите носат облека, но тие носат облека само за да го покажат нивниот статус, не за да се покријат, заштитат или да се украсат себеси.

Битие 3:8 ја наведува промената на температурата во Градината Едемска: *„и го чуја гласот на ГОСПОДА Бога, кога одеше низ рајот во приквечерината; и се сокрија човекот и жена му од присуството на ГОСПОДА Бога, помеѓу дрвјата во градината."* Вие сфаќате дека луѓето можеле да почувствуваат „студ" во Градината Едемска. Сепак, тоа не значи дека тие мора да се потат во многу жешките денови или пак неконтролирано да се тресат во студените денови, како што е тоа случајот на оваа земја.

Градината Едемска секогаш ја има најпријатната температура, влажност и ветер, па затоа таму не постојат непријатности предизвикана од промените во времето.

Исто така, во Градината Едемска не постои ден и ноќ. Таа секогаш е опкружена со светлината на Бога Отецот и вие секогаш ќе се чувствувате како да е дење. Луѓето ќе имаат време да се одморат и ќе го разликуваат времето за активности од времето за одмор со промената во температурата.

Оваа промена на температурата, сепак, не значи дека истата драстично ќе се подигне или спушти за оеднадеж да им стане топло или студено на луѓето. Наместо тоа, таа ќе доведе да се чувствуваат пријатно додека се одмараат додека дува тивко ветренце.

2. Луѓето Се Културирани Тука На Земјата

Градината Едемска е толку широка и голема што вие нема да можете ниту да ја замислите нејзината големина. Таа е околу милијарда пати поголема од земјата. Првите Небеса каде што луѓето може единствено да живеат ококу седумдесет или осумдесет години се чинат бескрајни, протегајќи се од нашиот сончев систем па сè до галаксиите надвор од него. Колкава тогаш би била Градината Едемска, каде што луѓето се множат по број без да се соочат со смртта, во однос на Првите Небеса?

Во исто време, без оглед колку убава, изобилна и голема е Градината Едемска, таа никогаш нема да може да се спореди со ниту едно друго место на небесата. Дури и Рајот, што го претставува предворјето на небесата е многу поубаво и посреќно место од неа. Вечниот живот во Градината Едемска е многу поразличен од вечниот живот на небесата.

Затоа, преку испитувањето на планот Божји и бројот на чекорите Адамови, кој што бил истеран од Градината Едемска и културиран на оваа земја, вие ќе можете да видите како Градината Едемска се разликува од предворјето на Рајот.

Дрвото На Познавањето На Доброто И Злото Во Градината Едемска

Првиот човек Адам можел да јаде сé што ќе посака, да владее со сите созданија и да живее вечно во Градината Едемска. Сепак, доколку го прочитате Битието 2:16-17, можете да видите како Бог му заповеда на човекот, *„Од секое дрво во градината можеш да јадеш, освен од дрвото за познавањето на доброто и на злото; од него не јади; бидејќи оној ден кога ќе вкусиш од него, ќе умреш."* Иако Бог му ја дал на Адама силната власт да може да ги потчини сите созданија и слободна волја, Тој строго му забранил да јаде од дрвото на познавањето на доброто и на зло. Во Градината Едемска постојат многу видови на разнобојни, убави и вкусни овошја кои што не може да се споредат со оние на земјата. Бог му ги предал сите овошја во владение на Адама, па така да тој можел да јаде од нив онолку колку што ќе посакал.

Плодот од дрвото на познавањето на доброто и на злото, сепак бил исклучок. Преку ова, вие ќе можете да сфатите дека иако Бог веќе знаел дека Адам ќе проба од дрвото на познавањето на доброто и на злото, Тој едноставно не го оставил Адама да го направи гревот, како што многу луѓе погрешно разбираат, доколку Господ беше со намера да го тестира Адама така што ќе го стави дрвото на познавање на доброто и на злото, знаејќи дека Адам ќе го стори тоа, Тој не би му заповедал на Адама толку строго, па така ќе можете да видите дека Бог не го поставил намерно дрвото на познавањето на доброто и на злото, за да му дозволи на Адама да јаде од истото или пак да го тестира.

Токму како што е запишано во Јаков 1:13, *„Ниеден, кога е во искушение, да не кажува, Бог ме искушува, бидејќи Бог со зло не искушува, и Тој никого не искушува,"* Бог Самиот никого не искушува.

Тогаш, зошто Бог би го поставил дрвото на познавањето на доброто и на злото во Градината Едемска?

За да можете да се чувствувате радосни, да ви биде мило, или да се чувствувате среќно, сето тоа е можно бидејќи веќе сте ги почувствувале спротивните чувства на тага, болка и вознемиреност. Преку ова што е кажано, вие знаете дека добрината, вистината и светлината се добри, бидејќи вие сте искусиле и знаете дека злобата, невистината и темнината се лоши.

Доколку не сте го доживеале овој релативитет вие не можете да почувствувате во вашето срце колку се добри љубовта, добрината и среќата дури и ако имате знаење во вашата глава и сте слушнале дека тоа е така.

На пример, може ли човек, кој што никогаш не бил болен ниту видел некој болен, да знае за болка од болест? Овој човек нема дури ни да знае дека е навистина добро да се биде здрав. Исто така, ако еден човек никогаш немал финансиски тешкотии, и никогаш не познавал некој друг со финансиски проблеми, како би знаел тој за сиромаштијата? Ваквиот човек нема да почувствува дека е „добро" да се биде богат, без оглед колку и да е богат. На истиот начин, доколку некој не искуси сиромаштија, тој нема да може да има навистина благодарен ум и да го цени имањето од длабочините на неговото срце.

Доколку некој не ја знае вредноста на добрите нешта што ги има, тој не ја знае вредноста на среќата во која што живее.

Сепак, доколку некој ја искусил болката на болеста и тагата од сиромаштија, тој тогаш во неговото срце ќе може да биде благодарен поради среќата што произлегува од тоа да се биде здрав и богат. Тоа е причината што Бог морал да го засади дрвото на познавањето на доброто и на злото.

Затоа, Адам и Ева, кои што биле истерани од Градината Едемска, го искусиле овој релативитет и ја согледале љубовта и благословот што Бог им го дал. Само тогаш тие можеле да станат вистинските чеда на Бога кои што ја знаат вредноста на вистинската среќа и живот.

Сепак, Бог не го повел Адама намерно да тргне по тој пат. Адам избрал да не ја почитува заповедта Божја според неговата слободна волја. По Неговата сопствена љубов и праведност, Бог ја испланирал човечката култивација.

Божјото Провидение За Човечката Култивација

Кога луѓето биле истерани од Градината Едемска и почнале да се култивираат на оваа земја, тие морле да искусат секаков вид на страдања како што биле солзите, тагата, болката, болестите и смртта, но тоа само ги водело кон можноста да ја почуствуваат вистинска среќа и уживањето во вечниот живот, на нивна голема благодарност.

Затоа, нашето претворање во Неговите вистински чеда преку оваа човечка култивација е само примерот на Божјата прекрасна љубов и на Неговиот план. Родителите не би сметале дека се работи за губење на време ако сето тоа води кон тоа да нивните деца се обучат, понекогаш дури и да се казнат, доколку тоа ќе ја направи разликата и ќе ги направи нив успешни. Исто така, доколку децата веруваат во славата што ќе ја стекнат во иднината, тие би биле пострпливи и би ги надминале сите тешки ситуации и пречки.

На истиот начин, доколку помислите на вистинската среќа што ќе ја уживате во рајот, да се култивирате тука на оваа земја не претставува нешто тешко или болно. Наместо тоа, вие би биле благодарни што ви била дадена можноста да живеете според Словото Божјо, бидејќи ќе се надевате на славата што ќе ја примите подоцна.

Па тогаш кои би ги чувствувал Бог за помили – оние кои што му се навистина благодарни на Бога откако ги имаат доживеано многуте потешкотии на оваа земја, или пак луѓето во Градината Едемска кои што не го ценат навистински тоа што го имаат, иако живеат во толку убаво и изобилно опкружување?

Бог го култивирал Адама, кој што бил истеран од Градината Едемска и ги култивирал и Неговите потомци на оваа земја, за да ги направи Негови вистински чеда. Кога оваа култивација ќе биде завршена и местата за живеење во рајот ќе бидат подготвени, тогаш ќе се врати Господ. Доколку би живееле во рајот, би ја имале вечната среќа, бидејќи дури и најниското ниво на небесата не би можело да се спореди со убавината на Градината Едемска.

Затоа, вие би требало да го согледате Божјото провидение за човечката култивација и да настојувате да станете Неговото вистинско чедо кое што дејствува во склад со Неговото Слово.

3. Предворјето На Небесата

Потомците на Адама, кои што не го послушаа Бога, се предодредени еднаш да умрат, а потоа да се соочат со Судниот Ден (Евреи 9:27). Сепак, духовите на човечките суштества се бесмртни, па тие треба да одат или на небесата или пак во пеколот.

Сепак, тие нема веднаш да отидат на небесата или пак во пеколот, туку тие ќе престојуваат во Предворјето на небесата или пак на пеколот. Тогаш, какво место е Предворјето на небесата, каде што ќе престојуваат чедата Божји?

Духот Го Напушта Телото На Крајот

Кога некој ќе умре, тогаш неговиот дух го напушта неговото тело. По смртта, секој кој што не го знае ова ќе биде многу изненаден кога самиот ќе се види себеси како лежи долу на земјата. Дури и ако таквата личност е верник, ќе и биде навистина чудно откако нејзиниот дух ќе го напушти нејзиното сопствено тело?

Доколку отидете во четиридимензионалниот свет од тродимензионалниот свет во кој што моментално живеете, сѐ ќе биде многу поразлично. Телото ќе го почувствувате како многу лесно и ќе почувствувате како да летате. Сепак, нема да можете да ја имате неограничената слобода дури и откако вашиот дух ќе го напушти вашето тело.

Токму како што новородените птици не можат веднаш да летаат, иако се родени со крила, исто и на вас ќе ви треба извесно време да се прилагодите на духовниот свет и да ги научите основните нешта.

Така да оние кои што ќе умрат имајќи ја верата во Исуса Христа, ќе бидат придружени од два ангела и ќе отидат во Горниот Гроб. Таму тие, од ангелите или пророците, ќе учат за животот на небесата.

Ако ја читате Библијата, ќе сватите дека постојат два вида на гробови. Прататковците на верата како што бил Јаков или пак Јов кажувале дека ќе одат во гробот откако ќе умрат (Битие 37:35; Јов 7:9). Кореј и неговата група, кои што му се спротивставиле на Мојсеја, човекот Божји, паднале живи во гробот (Броеви 16:33).

Во Лука 16 ни е опишан еден богат човек и еден просјак по име Лазар, кои што откако умреле отишле во гробовите и тука вие можете да согледате дека тие не се во истиот „гроб." Богатиот човек страда во огнот додека Лазар, далеку од таму, се одмара покрај Авраама.

Слично на ова, постои посебен гроб за оние кои што се спасени, додека пак исто така постои и друг гроб за оние кои што не се спасени. Гробот во кој што завршиле Кореј и неговите луѓе како и богатиот човек е Адот, кој што исто така е наречен и „Долниот Гроб," што му припаѓа на пеколот, но гробот во кој што завршил Лазар е Горниот Гроб кој што им припаѓа на небесата.

Тродневниот Престој Во Горниот Гроб

Во времето на Стариот Завет, оние кои што биле спасени, чекале во Горниот Гроб. Бидејќи Авраам, прататкото на верата е одговорен за Горниот Гроб, просјакот Лазар се наоѓал кај Авраама, опишано во Лука 16. Сепак, откако Господ воскреснал и отишол на небесата, оние кои што биле спасени повеќе не оделе во Горниот Гроб, кај местото на Авраама. Тие почнале да престојуваат во Горниот Гроб во текот на три дена, а потоа да одат некаде во Рајот. Со други зборови, тие сега ќе бидат со Господа во Предворјето на небесата.

Како што кажува Исус во Јован 14:2, *„Во домот на Мојот Отец има многу места за живеење. А да ги немаше, Јас ќе ви кажев. Одам да ви приготвам место,"* по Неговото воскресение и подигањето на небесата, нашиот Господ го подготвува местото за секој од верниците. Затоа, поради тоа што Господ почнал да ги подготвува местата за чедата Божји, оние кои што биле спасени почнале да престојуваат во Предворјето на небесата, некаде во Рајот.

Некои се прашуваат како толку многу спасени луѓе од создавањето на светот ќе можат да живеат во Рајот, но нема место за грижа. Дури и сончевиот систем на кој му припаѓа оваа земја е само точка кога ќе го споредиме со галаксијата. Тогаш колку ли е голема галаксијата? Споредено со целиот универзум, галаксијата исто така е едвај голема како точка. Тогаш, колку ли е голем универзумот?

Уште повеќе, овој универзум е еден од многуте, така што е неверојатно да се процени големината на целиот универзум. Ако овој физички свет е толку голем, колку ли поголем би бил духовниот свет?

Предворјето На Небесата

Тогаш, какво ли место претставува Предворјето на

небесата каде што оние кои што биле спасени ќе престојуваат откако ќе им поминат трите дена на прилагодувањето во Горниот Гроб?

Кога луѓето ќе ја видат таква прекрасна глетка, тие тогаш извикуваат, „Ова е Рајот на земјата, „или пак" Ова е како Градината Едемска!" Градината Едемска сепак, не може да се спореди ниту со една убавина на овој свет. Луѓето во Градината Едемска ќе живеат со такви прекрасни, како на сон животи исполнети со среќа, мир и радост. Сепак, тој ќе им изгледа добар само на луѓето од оваа земја. Штом еднаш ќе отидете во рајот веднаш ќе ја смените таа забелешка.

Исто како што Градината Едемска не може да се спореди со оваа земја, небесата не можат да се споредат со Градината Едемска. Постои една суштинска разлика помеѓу среќата во Градината Едемска што им припаѓа на Вторите Небеса и помеѓу среќата која што е во Предворјето на Рајот на Третите Небеса. Сето ова е така бидејќи луѓето кои што се во Градината Едемска не се во суштина вистинските чеда Божји чии што срца биле култивирани.

Да ви дадам еден пример кој што ќе ви помогне подобро да го разберете ова. Пред да се спроведе електричната енергија, генерациите во Кореја ги употребувале газиените ламби. Таквите ламби одавале многу мала светлина споредено со електричните светилки кои што ги имате денеска, но сепак биле многу вредно нешто кога ноќе немало друга светлина. Откако луѓето ја измислиле и ја прилагодиле електричната енергија за употреба, ние почнавме да го користиме електричното осветлување. За оние луѓе кои што биле навикнати да ги гледаат само газиените ламби, електричното осветлување било толку извонредно што тие биле восхитени од таквата светлина.

Доколку кажете дека оваа земја е исполнета со една целосна темнина без никаква светлина, може да ја сметате Градината Едемска како место каде што имаат газиени ламби, а небесата се местото каде што има електрично осветлување. Исто како што газиените ламби и електричните светилки се потполно различни иако претставуваат осветлување, Предворјето на небесата се потполно различно од Градината Едемска.

Предворјето Сместено На Ивицата Од Рајот

Предворјето на небесата е сместено на ивицата од рајот. Рајот е местото кое што е наменето за оние кои што ја имаат најмалата вера и исто така е најдалеку од Престолот Божји. Тоа е едно многу големо место.

Оние кои што чекаат на ивицата од Рајот го учат духовното знаење од пророците. Тие учат за Бога Тројството, за небесата, за управувањето со духовниот свет итн. Опсегот на таквото знаење е безграничен, така да не постои крај на подучувањето. Сепак, учењето на духовни нешта никогаш не е здодевно и тешко наспроти некои подучувања на оваа земја. Колку повеќе ќе научите, толку повосхитени и попросветлени ќе станете, па така да тоа е нешто многу милосрдно.

Дури и на оваа земја, оние кои што ги имаат чистите и кротки срца, можат да комуницираат со Бога и да се стекнат со духовното знаење. Некои од овие луѓе можат да го видат духовниот свет бидејќи нивните духовни очи им се отворени. Исто така, некои луѓе можат да ги согледаат духовните нешта преку инспирацијата на Светиот Дух. Тие можат да научат за верата или пак за правилата за добивањето на одговорите на молитвите, па така дури и во овој физички свет, да можат да ја доживеат Божјата сила што му припаѓа на духот.

Доколку вие можете да научите за духовните нешта и да ги доживеете тие нешта во овој физички свет, тогаш вие ќе можете да станете поенергични и посреќни. Тогаш колку посреќни и порадосни би биле доколку би можеле да ги учите духовните нешта внатре во Предворјето на небесата!

Слушањето На Вестите Од Овој Свет

Каков вид на живот живеат луѓето во Предворјето на небесата? Тие ќе го имаат здобиено вистинскиот мир и ќе очекуваат да заминат во нивните вечни домови на небесата. Ним ништо нема да им недостасува и ќе уживаат во среќата и восхитеноста. Тие тука не го губат времето, туку продолжуваат да учат многу нешта од ангелите и пророците.

Меѓу нив постојат назначени водачи и тие сите живеат според одредени правила. На нив им е забането да слегуваат долу на оваа земја, па така да тие се секогаш љубопитни за тоа што се случува тука. Тие не се љубопитни за световни нешта туку се љубопитни за нештата поврзани со кралството Божјо, како на пример 'Што се случува со црквата во која што служев? Колку од зададените должности ги има исполнето црквата? Како се одвива светската мисија?'

Така да тие ќе бидат многу задоволни кога преку ангелите кои што доаѓаат на оваа земја или пак од пророците во Новиот Ерусалим, ќе ги слушнат вестите од овој свет.

Бог еднаш ми откри нешта во врска со некои од членовите на мојата црква, кои што моментално престојуваат во Предворјето на небесата. Тие се молат на посебните места и чекаат да ги слушнат вестите за мојата црква. Тие се особено заинтересирани како се одвиваат работите во врска со должностите што и се зададени на мојата црква, како што е светската мисија и градењето на Големото Светилиште. Тие секогаш се многу среќни да слушнат некои добри вести. Па така да кога ќе ги слушнат новостите за славењето на Бога низ нашите крстоносни походи во странство, тие се многу возбудени и задоволни до тој степен што дури организираат и фестивал.

Слично на ова, луѓето во Предворјето на небесата го поминуваат времето во среќа и задоволство понекогаш слушајќи ги вестите во врска со оваа земја.

Строгата Организираност Во Предворјето На Небесата

Луѓето со различните нивоа на верата, кои што по Судниот Ден, ќе влезат на различните места во рамките на небесата, сите ќе престојуваат во Предворјето на небесата и доследно ќе го запазуваат редот кој што постои таму. Луѓето кои што ја имаат помалата вера ќе им ја оддаваат нивната почит на оние кои што се со поголемата вера, на тој начин што ќе им се поклонуваат со главата. Духовниот распоред на нештата не е одреден според мерките од овој свет, туку според степенот на осветеноста и верноста, во нивните од Бога дадени должности.

На овој начин, редоследот на нештата доследно се запазува бидејќи Богот на праведноста владее со небесата. Бидејќи редот се одредува според јасноста на светлината, опсегот на добрината и нивото на љубовта кај секој од верниците, никој нема да може да се пожали во врска со тоа. На небесата, секој ќе го почитува духовниот ред бидејќи нема да има зло во умовите на спасените луѓе.

Сепак, овој ред и различните видови на славата не се планирани да доведат до некоја присилна покорност. Тоа доаѓа самото водено од љубовта и почитта на чесните и искрени срца. Затоа, во Предворјето на небесата, луѓето ќе ги почитуваат сите оние кои што се пред нив во срцето и ќе ја покажуваат својата почит преку тоа што ќе прават наклон со главите, бидејќи природно ќе ја чувствуваат духовната разлика помеѓу нив.

4. Луѓето Кои Што Не Престојуваат Во Предворјето

Сите луѓе кои што по Судниот Ден ќе влезат на соодветните места на небесата, моментално престојуваат на ивицата од Рајот, Предворјето на небесата. Сепак ќе постојат и некои исклучоци. Оние луѓе за кои што е одредено да одат во Новиот Ерусалим, најубавото место на небесата, ќе одат директно во Новиот Ерусалим и ќе помагаат со Божји дела.

Ваквите луѓе, кои што го имаат срцето на Бога, кое што е јасно и прекрасно како кристал, живеат под исклучителната Божја љубов и грижа.

Тие Ќе Помогнат Со Делата Божји Во Новиот Ерусалим

Каде престојуваат сега нашите прататковци на верата, осветени и верни во целиот Божји дом, како што се Илија, Енох, Авраам, Мојсеј и апостолот Павле? Дали тие престојуваат на ивицата на Рајот, Предворјето на небесата? Не. Бидејќи овие луѓе се целосно осветени и во потполност наликуваат на срцето на Бога, тие се веќе во Новиот Ерусалим. Сепак, бидејќи Судот уште не се случил, тие не можат да влезат во нивните вечни куќи, што им се доделени.

Тогаш, каде во Новиот Ерусалим престојуваат тие? Во Новиот Ерусалим, кој што има илјада и петстотини милји во широчина, должина и висина, има неколку духовни места со различни димензии. Има место каде што се наоѓа Престолот на Бога, некои места каде се изградени куќите и некои други места каде што нашите прататковци на верата кои веќе влегле во Новиот Ерусалим, работат со Бога.

Нашите прататковци на верата што веќе престојуваат во Новиот Ерусалим копнеат за денот кога ќе влезат во нивните вечни живеалишта, додека помагаат во Божјите дела заедно со Господа во подготовката на нашите места.

Тие навистина многу копнеат да влезат во нивните вечни куќи, бидејќи ќе можат да влезат таму само по Второто Доаѓање на Исуса Христа во воздухот, Седумгодишната

Свадбена Веселба и Милениумот на оваа земја.

Апостолот Павле, кој што бил полн со надежта за небесата, го исповедал следново нешто во 2 Тимотеј 4:7-8.

Добро се борев, патот го завршив, верата ја запазив; понатаму ме очекува венецот на правдата што ќе ми го даде во оној ден Господ, праведниот Судија; но не само на мене, туку и на сите кои што се радуваат на Неговото доаѓање.

Оние кои што ја војуваат добра битка и го очекуваат доаѓањето на Господа, ја имаат сигурната надеж за местото и наградите на небесата. Овој вид на вера и надеж може да се зголеми доколку знаете повеќе за духовното кралство и затоа јас ви ги објаснувам небесата во детали.

Градината Едемска на Вторите Небеса или пак Предворјето на Третите Небеса се сепак многу поубави места од овој свет, така да дури и овие места не може да се споредат со славата и извонредноста на Новиот Ерусалим во кој што се наоѓа Престолот на Бога.

Затоа, се молам во името на Господа да вие не само се движите кон Новиот Ерусалим со верата и надежта како на апостолот Павле, туку исто така и да поведете и многу души по патот на спасението со ширењето на евангелието, дури и ако таа задача може да го побара и жртвувањето на вашиот живот.

Глава 3

Седумгодишната Свадбена Веселба

1. Враќањето На Господа И Седумгодишната Свадбена Веселба
2. Милениумот
3. Небесата Доделени Како Награда По Судниот Ден

*Блажен и свет е оној,
кој што има дел во првото воскресение;
над нив втората смрт ја нема власта,
а ќе бидат свештеници на Бога
и на Христа
и ќе владеат заедно
со Него илјада години.*

- Откровение 20:6 -

Пред да ја примите вашата награда и да го започнете вечниот живот на небесата, ќе поминете низ Судот на Белиот Престол. Пред денот на Судот, во воздухот ќе се случи Второто Господово Доаѓање, Седумгодишната Свадбена Веселба, враќањето на Господа на земјата и Милениумот.

Сето ова е она што Бог го има подготвено, за да ги охрабри Неговите сакани чеда кои што ја задржале нивната вера на оваа земја, за да им дозволи да ги вкусат небесата.

Затоа, оние кои што веруваат во Второто Господово Доаѓање и се надеваат на средбата со Него, кој што е нашиот младоженец, ќе ги очекуваат Седумгодишната Свадбена Веселба и Милениумот. Словото Божјо кое што е запишано во Библијата е вистинито и сите пророштва се исполнуваат сé до ден денеска.

Вие би требало да бидете мудар верник и да се обидувате најдобро што можете во подготовката на себеси како Неговата невеста, сваќајќи дека доколку не сте претпазливи и не живеете според Словото Божјо, денот на Господа ќе ви се прикраде како крадецот и вие ќе паднете во смртта.

Да ги погледнеме во детали сите прекрасни нешта кои што чедата Божји ќе ги доживеат пред да отидат на небесата кои што се јасни и прекрасни како кристалот.

1. Враќањето На Господа И Седумгодишната Свадбена Веселба

Апостолот Павле пишува во Римјаните 10:9, *„Оти,*

ако со устата Го исповедаш Исуса како Господа а со срцето свое поверуваш дека Бог Го воскреснал Него од мртвите, тогаш ќе бидеш спасен." Со цел да се здобиете со спасението, вие мора не само да го исповедате Исуса како ваш Спасител туку исто така и да поверувате во вашето срце дека Тој умрел и повторно воскреснал од мртвите.

Доколку не верувате во воскресението Исусово, вие нема да можете да поверувате ниту во вашето сопствено воскресение кое што треба да се случи при Второто Исусово Доаѓање. Вие дури нема ниту да бидете во можност да поверувате и во самото Второ Господово Доаѓање. Доколку не верувате во постоењето на небесата и пеколот, тогаш вие нема да можете да ја стекнете силата за да живеете според словото Божјо, и нема да се здобиете со спасението

Крајната Цел На Христијанскиот Живот

Кажано е во 1 Коринтјаните 15:19, *„И, ако само во овој живот се надеваме на Христа, тогаш ние сме најповеќе од сите луѓе за жалење.*" Чедата Божји, за разлика од неверниците на овој свет, доаѓаат во црквата, присуствуваат на богослужбите и му служат на Господа на многу разни начини секоја недела. Со цел да живеат според словото Божјо, тие често постат и искрено се молат во светилиштето Божјо, рано наутро или пак доцна навечер, иако и на нив самите понекогаш им е потребен одмор.

Исто така, тие не се во потрага по својата сопствена корист, туку им служат на другите и се жртвуваат себеси за кралството Божјо. Затоа, доколку не постоеја небесата, најповеќе за жалење ќе беа оние кои што само во овој живот веруваа во Христа. Сепак, сигурно е дека Господ повторно ќе се врати за да ве одведе на небесата и дека Тој го подготвува прекрасно место за вас. Тој ќе ве награди во согласност со она што сте го посале и сработиле на овој свет.

Исус кажува во Матеј 16:27, „*Бидејќи Синот Човечки ќе дојде во славата на Својот Отец, со ангелите Свои, и тогаш ќе му даде на секого според делата негови.*" Тука, да "се награди секој според делата негови" не значи само да се оди на небесата или во пеколот. Дури и помеѓу верниците кои што ќе одат во рајот, наградата и славата што им е дадена ќе се разликува според тоа на кој начин тие живееле на овој свет.

Некои се огорчени и се плашат да слушнат дека Господ наскоро повторно ќе дојде. Сепак, доколку вие навистина го љубите Господа и ја имате надежта за небесата, природно е да копнеете и да очекувате наскоро да се сретнете со Господа. Доколку вие се исповедате со вашите усни, „Те сакам, Господе," но не сакате па дури и се плашите да слушнете дека Господ наскоро повторно ќе дојде, тогаш не може да се каже дека вие навистина го љубите Господа.

Затоа, вие треба со радост да го примите Господа, вашиот младоженец, нестрпливо очекувајќи го во вашето срце Неговото Второ Доаѓање, и да се подготвувате себеси како што тоа го прави невестата.

Второто Господово Доаѓање Во Воздухот

Запишано е во 1 Солуњаните 4:16-17, „*Бидејќи Самиот Господ со заповед, преку гласот на архангелот и преку* трубата Божја, ќе слегне од небото и тогаш најпрво ќе воскреснат мртвите во Христа. Потоа, ние што сме останале живи, заедно со нив ќе бидеме грабнати во облаците, за да се сретнеме со Господа во воздухот, и така засекогаш да бидеме со Господа."

Кога Господ повторно ќе дојде во воздухот, секое чедо Божјо ќе се преобрази во духовно тело и ќе биде подигнато во воздухот за да го прими Господа. Постојат некои луѓе кои биле спасени и кои што умреле. Нивните тела биле погребани, но нивните духови чекаат во Рајот. Ние ги нарекуваме таквите луѓе „заспаните во Господа." Нивните духови ќе се спојат со нивните духовни тела што ќе се создадат од нивните стари, погребани тела. Тие ќе бидат следени од оние што ќе го примат Господа без да ја видат смртта, ќе се претворат во духовни тела и ќе бидат грабнати во воздухот.

Господ Ќе Направи Свадбена Веселба Во Воздухот

Кога Господ ќе се врати, секој кој што бил спасен од времето на создавањето па наваму, ќе го прими Господа како неговиот младоженец. Во тоа време, Господ ќе започне со Седумгодишната Свадбена Веселба за да ги успокои Неговите чеда кои што биле спасени преку верата. Тие подоцна сигурно ќе ги примат наградите на небесата за нивните дела, но засега, Господ сеуште ќе ја одржува оваа веселба во воздухот за да ги успокои сите Негови чеда.

На пример, што ќе направи кралот, доколку еден генерал се врати по некој голем триумф? Тој ќе му ги даде на генералот многу награди за неговата исклучителна служба. Кралот може да му даде куќа, земја, парична награда, а исто така и да му организира и забава, за да му се одолжи за службата.

На истиот начин, Бог им го дава на Неговите чеда местото во кое ќе живеат и наградите на небесата, по денот на Страшниот Суд. Но пред тоа, Тој исто така ќе одржи и Свадбена Веселба за да им овозможи на Неговите чеда добро да си поминат и да ја споделат нивната радост. Иако се разликува она што секој од нив го направил за кралството Божјо на овој свет, Тој ќе ја одржи веселбата дури и само поради фактот дека сите тие се спасени.

Тогаш, каде е „воздухот" каде што ќе се одржи Седумгодишната Свадбена Веселба? „Воздухот" тука не се однесува на небото што е видливо со нашето голо око. Доколку овој „воздух" беше само небото што можете да го видите со вашите очи, тогаш сите оние кои што биле спасени ќе требаше да се забавуваат лебдејќи на небото. Исто така има толку многу луѓе кои што биле спасени од создавањето па наваму, така што сите од нив не би ни можеле да се соберат на небото на оваа земја.

Дополнително, веселбата би била многу добро и во детали испланирана и подготвена бидејќи Самиот Господ би ја организирал за да ги успокои Своите чеда. Веќе долго време постои едно место што Господ го определил за оваа намена. Ова место го претставува „воздухот" кој што Господ го подготвил за Седумгодишната Свадбена Веселба и овој простор се наоѓа на Вторите Небеса.

„Воздухот" Им Припаѓа На Вторите Небеса

Ефесјаните 2:2 говори за времето *„во кое што живеевте некогаш според начинот на животот на овој свет, во согласност со силата на принцот на воздухот, односно на духот, кој што сега дејствува во синовите на непокорот."* Така да „воздухот" е исто така и местото каде што злите духови ја имаат власта.

Сепак, местото каде што ќе се одржи Седумгодишната Свадбена Веселба и местото каде што егзистираат злите духови, не се исто место. Причината што се користи истиот израз „воздух" и во двата случаја е во тоа што и двете места им припаѓаат на Вторите Небеса. Сепак, дури и Вторите Небеса не се едно единствено место, туку се поделени на неколку области. Така што местото каде што ќе се одржи Свадбената Веселба и местото каде што егзистираат злите духови, се издвоени.

Бог го направил новото духовно кралство наречено Втори Небеса така што ги земал некои од деловите од севкупното духовно царство. Потоа, Тој го поделил на две области. Едната област е Едем, која што е областа на светлината што му припаѓа на Бога, а втората област е областа на темнината што Бог им ја дал на злите духови.

Бог ја направил Градината Едемска, каде што престојувале Адам и Ева се до почетокот на култивацијата на човекот, во источниот дел на Едем. Бог го земал Адама и го сместил во оваа градина. Исто така, Бог им ја дал областа на темнината на злите духови и им допуштил да останат таму. Оваа област на темнината и Едем се строго одвоени.

Местото На Седумгодишната Свадбена Веселба

Тогаш, каде ќе се одржи Седумгодишната Свадбена Веселба? Градината Едемска е само еден дел од Едем и има многу други места во Едем. Во едно од овие места Бог го определил местото за Седумгодишната Свадбена Веселба.

Местото каде што ќе се одржи Седумгодишната Свадбена Веселба е многу поубаво од Градината Едемска. Ќе има многу убави цвеќиња и дрвја. Светлата во разни бои сјајно ќе светат и неискажливо убавата и чиста природа ќе го опкружува местото.

Исто така, тоа е едно многу големо место бидејќи сите оние кои што биле спасени од создавањето на светот па наваму, тука ќе ја имаат заедничката веселба. Таму има и еден многу голем замок, кој што е доволно голем да го собере секого кој што бил поканет на веселбата. Веселбата ќе се одржи во овој замок и тогаш ќе се случат и некои незамисливо среќни моменти. Сега, би сакал да ве поканам во замокот за Седумгодишната Свадбена Веселба. Се надевам дека можете да ја почувствувате среќата поради тоа што сте невестата Божја, Кој што всушност е и почесниот домаќин на веселбата.

Среќавањето Со Господа На Светлото И Убаво Место

Кога ќе пристигнете во свечената сала, ќе видите една така прекрасна просторија исполнета со сјајни светла, каква што никогаш порано не сте виделе. Ќе почувствувате како вашето тело да е полесно дури и од пердув. Кога нежно ќе се спуштите на зелената трева, опкружувањата што отпрвин не ви се видливи заради извонредно силните светла ќе почнете да ги гледате со вашите очи. Ќе го гледате небото и езерото кое што е толку јасно и чисто, доволно да ги заслепи вашите очи. Ова езеро ќе сјае како скапоцените камења што се прелеваат во нивните убави бои, кога и да се разбранува водата.

Сите четири страни се преполни со цвеќињата и зелените дрвја што ја опкружуваат целата област. Цвеќињата се наведнуваат напред назад како да ве отпоздравуваат и вие ќе можете да го помирисате таквите изострени, прекрасни и слатки мириси, какви што никогаш претходно не сте помирисале. Наскоро птиците во разни бои ќе дојдат и ќе ве отпоздрават преку нивното пеење. Во езерото, што е толку проѕирно што можете да ги видите нештата под површината, необично убавите риби ќе ги пружаат главите и ќе ве поздравуваат.

Дури и тревата на која што ќе стоите ќе биде мека како памук. Ветрот ќе прави облеката нежно да ви се вее додека нежно ќе ве обвива. Во тој момент, силна светлина ќе навлезе во вашите очи и вие ќе видите една личност како стои во средиштето на таа светлина.

Господ Ќе Ве Прегрне, Кажувајќи, „Невесто Моја, Те Љубам"

Со нежната насмевка на Неговото лице, Тој со Неговите раце широко отворени, ќе ве повика да Му пристапите. Кога ќе тргнете кон Него, Неговото лице ќе стане јасно видливо. Вие ќе го видите Неговото лице за прв пат, но многу добро ќе знаете кој е Тој. Тој е Господ Исус, вашиот младоженец, кого вие го сакате и за кого сте копнееле да го видите во текот на сето ова време. Во тој момент, солзите ќе почнат да ви течат по вашите образи. Вие нема да можете да престанете да ги пролевате вашите солзи бидејки ќе се потсетувате на времињата кога сте биле култивирани на оваа земја.

Ќе се гледате лице в лице со Господа сега преку кого вие сте можеле да ги надминете дури и најтешките ситуации во светот и кога сте се соочувале со прогоните и искушенијата. Господ ќе дојде до вас, ќе ве прегрне и ќе ви каже, "Моја невесто, Го очекував овој ден. Те љубам."

Откако ќе го слушнете ова, ќе пролеете уште повеќе солзи. Тогаш Господ нежно ќе ви ги избрише солзите и ќе ве прегрне уште поцврсто. Кога ќе погледнете во Неговите очи, ќе можете да го почувствувате Неговото срце. "Знам сé за тебе. Ги знам сите твои солзи и болки. Од сега натаму ќе постои само среќата и радоста."

Колку ли долго сте копнееле за овој момент? Кога ќе бидете во Неговата прегратка, вие ќе бидете потполно смирени и радоста и изобилието ќе го обвиткуваат сето ваше тело.

Сега, ќе можете да го слушнете тивкиот, длабок и убав звук на молитвата. Тогаш, Господ ќе ве фати за рака и ќе ве води до местото од каде што доаѓа молитвата.

Свечената Свадбена Сала Е Преполна Со Разнобојни Светла

Еден момент подоцна, ќе видите извонреден, сјаен замок кој што ќе биде многу величествен и убав. Кога ќе стоите пред портата на замокот, таа нежно ќе се отвара и јасните светла од замокот ќе продираат надвор. Кога ќе влезете во замокот со Господа како да сте вовлечени кон внатре од самата светлина, таму ќе се наоѓа толку голема сала што не ќе можете да го видите другиот крај на истата. Салата ќе биде украсена со убави украси и предмети и ќе биде исполнета со разнобојни и јасни светла.

Звукот на молитвите тогаш ќе стане почист и ќе се слуша тивко насекаде низ салата. Најпосле, Господ со звонлив глас ќе го објави почетокот на Свадбената Веселба. Седумгодишната Свадбена Веселба ќе започне и ќе изгледа како таа случка да се случува во вашите соништа.

Дали можете да ја почувствувате среќата на овој момент? Се разбира дека не секој што ќе се наоѓа на веселбата ќе може да биде вака близок со Бога. Само оние кои што ги имаат квалификациите ќе можат да бидат во Негова близина и да бидат прегрнати од Него.

Затоа, вие треба да се подготвите себеси како невестата и да учествувате во божествената природа. Сепак, дури и ако сите луѓе не можат да ја држат раката на Бога, тие ќе ја чувствуваат иста среќа и исполнетост.

Уживањето Во Среќните Моменти Со Пеење И Танцување

Штом Свадбената Веселба ќе започне, вие ќе пеете и ќе танцувате со Господа, славејќи го името на Бога Отецот. Вие ќе танцувате со Господа, зборувајќи за времето што изминало на оваа земја или пак за небесата во кои што вие ќе живеете.

Вие исто така ќе зборувате за љубовта на Бога Отецот и ќе го славите Него. Можете и да водите и прекрасни разговори со луѓето со кои што сте сакале да бидете веќе подолго време.

Како што ќе уживате во овошјето што ќе се топи во вашата уста и ќе ја пиете Водата на Животот што истекува од Престолот на Отецот, прославата непречено ќе продолжи. Вие сепак не мора да останете во замокот во текот на целите седум години. Од време на време, ќе можете да излезете од замокот и да си поминете убави моменти некаде надвор од него.

Тогаш, какви ќе бидат тие некои среќни активности и настани кои што ќе ви се случуваат надвор од замокот? Вие ќе имате време да уживате во прекрасната природа станувајќи поблиски со шумите, дрвјата, цвеќињата и птиците. Ќе можете да шетате со вашите сакани, по патеките украсени со преубави цвеќиња, да зборувате со нив или пак да го славите Господа преку пеењето и играњето. Исто така, ќе има многу нешта во кои што вие ќе можете да уживате на големите отворени места. На пример, луѓето ќе можат да одат со чамецот по езерото, заедно со нивните сакани или пак со Самиот Господ. Ќе можете да пливате или пак да уживате во многуте видови на забава и игри кои што ќе ви се нудат. Многуте нешта што ќе ве исполнуваат со незамислива радост и задоволство, ќе бидат дадени од страната на неисцрпната грижа и љубов Божја.

Во текот на Седумгодишната Свадбена Веселба никогаш нема да снема светлина. Се разбира, Едем е местото на светлината и таму нема ноќ. Во Едем, вие не морате да легнете да спиете и да се одмарате како што тоа го правите на оваа земја. Без оглед колку долго да уживате, вие никогаш нема да се изморите, туку наместо тоа ќе станете сé повесели и посреќни.

Затоа вие нема да го почувствувате минувањето на времето и седумте години ќе ви минат како седум дена или дури и како седум часа. Иако на земјата и понатаму ќе се наоѓаат вашите родители, деца или браќа и сестри кои што не биле подигнати и кои што ќе страдаат во Големите Страдања, времето ќе ви минува толку брзо во радост и среќа што вие дури и нема да можете да мислите на нив.

Давањето Поголема Благодарност Поради Тоа Што Сте Спасени

Луѓето од Градината Едемска и гостите на Свадбената Веселба ќе можат да се видат едни со други, но тие не ќе можат да доаѓаат и да си одат како што сакаат. Злите духови ќе можат да ја видат Свадбената Веселба, а и вие ќе можете нив да ги видите исто така. Секако, злите духови не ќе можат ниту да помислат да се приближат до местото на веселбата, но вие сепак ќе можете да ги видите. Гледајќи ја веселбата и среќата на гостите, злите духови силно ќе страдаат. За нив претставува неиздржлива болка тоа што нема да можат да одведат барем уште една личност во пеколот и тоа што ги гледаат луѓето кои како Божјите чеда му се предаваат на Бога.

Гледајќи ги злите духови, вие ќе можете да се потсетите на тоа колку многу тие се обидувале да ве одведат на погрешен пат тука на земјата, во текот на вашата култивација..

Сваќајќи го тоа, вие ќе станете дури и поблагодарни за

милоста дадена од Бога Отецот, од Господа и од Светиот Дух, кои што цело време ве штителе од силите на темнината и ве повеле по патот на постанувањето на чедото Божјо. Исто така ќе почувствувате и поголема благодарност кон оние кои што ви помогнале во процесот на придржувањето кон патот на животот.

Така да Седумгодишната Свадбена Веселба нема да биде само време за одмор и утеха од болките на вашата култивација на оваа земја, туку исто така ќе биде и времето кое што е наменето за потсетувањето на животот минат на оваа земја па така да бидете уште поблагодарни за љубовта Божја.

Вие исто така ќе размислувате и за вечниот живот на небесата кој што ќе биде многу поубав од Седумгодишната Свадбена Веселба. Среќата која што ќе ја имате на небесата не може ниту да се спореди со онаа што ќе ја почувствувате на Седумгодишната Свадбена Веселба.

Седумгодишните Големи Страдања

Додека ќе се одржува свадбената веселба во воздухот, исполнета со среќата и убавините, на земјата ќе настапат Седумгодишните Големи Страдања. Поради интензитетот и силата на Големите Страдања што никогаш порано не биле доживеани, ниту пак потоа ќе се повторат, најголемиот дел од земјата ќе биде уништен а најголемиот број од луѓето што останале, ќе умираат.

Се разбира, некои од нив ќе бидат спасени преку она што се нарекува „срамното спасение." Има многу луѓе кои што по

Второто Доаѓање на Господа ќе бидат оставени на оваа земја, поради тоа што воопшто не поверувале или пак не верувале на соодветен начин. Сепак, ако тие се покајат во текот на Седумгодишните Големи Страдања и ако станат маченици, тие ќе можат да бидат спасени. Ова е наречено „срамното спасение."

Да се стане маченик во текот на Седумгодишните Големи Страдања, воопшто нема да биде лесна работа. Иако на почетокот се решат да станат маченици, повеќето од нив ќе завршат така што на крајот ќе се одрекнат од Господа, поради суровите мачења и прогони кои што ќе ги врши анти-Христот, кој што ќе ги присили да го примат белегот „666".

Обично во почетокот тие силно ќе одбиваат да го примат знакот, бидејќи ќе знаат дека штом еднаш ќе го примат, ќе му припаднат на Сатаната. Сепак, нема да им биде лесно да ги издржат мачењата пропратени со големи болки.

Понекогаш иако еден човек ќе може да ги надмине страдањата, ќе му биде многу потешко да гледа како неговите сакани членови од семејството, исто така ќе бидат измачувани. Затоа ќе биде многу тешко да се биде спасен преку ова „срамно спасение." Како дополнителна пречка, бидејќи луѓето во тоа време не ќе можат да ја примат помошта од страната на Светиот Дух, ќе им биде уште потешко да ја одржат верата.

Затоа се надевам дека ниту еден од читателите на оваа книга нема да се најде во ситуацијата, да се соочи со Седумгодишните Големи Страдања. Причината зошто ви ги објаснувам Седумгодишните Големи Страдања е во тоа да ве информирам дека настаните забележани во Библијата за крајот на времето се веќе започнати и дека прецизно ќе бидат извршени.

Другата причина зошто го правам сево ова е да луѓето сватат дека оние кои што ќе бидат оставени тука на земјата, откако чедата Божји ќе бидат грабнати во воздухот, ќе се соочат со големи мачења. Додека вистинските верници ќе бидат подигнати на небото и ќе присуствуваат на Седумгодишната Свадбена Веселба, ужасните Седумгодишни Големи Страдања ќе почнат да се случуваат тука на земјата.

Мачениците Ќе Се Здобиваат Со „Срамното Спасение"

По Господовото враќање во воздухот, помеѓу луѓето што нема да бидат подигнати во воздухот, ќе има некои кои што ќе се покајат за нивната несоодветна вера во Исуса Христа.

Она што ќе ги одведе кон „срамното спасение" ќе биде словото Божјо што ќе се проповеда од црквата, што во голема мерка ќе ги прикажува силните дела Божји, на крајот на времињата. Тие ќе осознаат како да бидат спасени, какви случувања ќе настапат и како треба да дејствуваат во однос на светските случувања, кои што веќе биле проречени низ словото Божјо.

Па така ќе има некои луѓе кои што навистина ќе се покајат пред Бога и ќе бидат спасени со тоа што ќе станат маченици. Сето тоа се нарекува „срамното спасение." Секако, меѓу ваквите луѓе ќе бидат и Израелците. Тие ќе ја осознаат „Пораката на Крстот" и ќе согледаат дека Исус, кого што не го признаа како Месија, е навистина Синот Божји и Спасителот на целото човештво. Тогаш, тие ќе се покајат и ќе бидат дел од „срамното спасение." Тие ќе се здружат за да ја воздигнат нивната вера и некои од нив ќе го осознаат срцето Божјо и ќе станат маченици, за да бидат спасени.

На овој начин, записите што јасно го објаснуваат словото Божјо, ќе бидат од помош не само за зголемување на верата кај многу од верниците, туку тие исто така ќе ја играат многу важната улога и кај оние кои што нема да бидат подигнати во воздухот. Затоа, вие треба да ја согледате извонредната љубов и милост Божја, кој што им обезбедил сѐ на оние кои што ќе бидат спасени по Второто Господово Доаѓање во воздухот.

2. Милениумот

Кога ќе заврши Седумгодишната Свадбена Веселба, невестите ќе се симнат на оваа земја и ќе владеат заедно со Господа во текот на илјада години (Откровение 20:4). Кога Господ ќе се врати на земјата, Тој ќе ја исчисти неа. Тој прво ќе го исчисти воздухот, а потоа ќе ја разубави природата.

Патувањата Низ Новата Исчистена Земја

Исто како што тукушто венчаниот брачен пар оди на меден месец, така и вие ќе одите на патувања заедно со Господа, вашиот младоженец, во текот на Милениумот, по Седумгодишната Свадбена Веселба. Каде најмногу би сакале да одите?

Чедата Божји, невестите Божји, ќе сакаат да патуваат насекаде низ оваа земја бидејќи потоа тие ќе мораат да ја напуштат. Бог ќе ги префрли на друго место сите нешта под Првите Небеса, како што се земјата на која што се извршила човечката култивација, сонцето и месечината, по завршувањето на Милениумот.

Затоа по Седумгодишната Свадбена Веселба, Богот Отецот убаво ќе ја преуреди земјата и ќе ви овозможи да владеете тука заедно со Господа во текот на илјада години, пред да ја помести неа. Ова е претходно испланиран процес според провидението Божјо, затоа што Тој ги создал сите нешта на небото и земјата во текот на шест дена, а седмиот ден се одмарал. Исто така, сето тоа ќе биде направено за да не ја почувствувате тагата поради тоа што ја напуштите земјата, така што ќе ви овозможи да владеете заедно со Господа во текот на илјада години. Вие ќе уживате во прекрасните мигови владеејќи заедно со Господа во текот на илјада години, на прекрасно пресоздадената земја. Посетувајќи ги сите места кои што порано не сте имале можност да ги посетите додека сте живееле на оваа земја, ќе можете да почувствувате таква среќа и радост, какви што порано не сте почувствувале.

Владеејќи Во Текот На Илјада Години

Во текот на тоа време, непријателот Сатаната и ѓаволот, нема да бидат тука. Исто како и во Градината Едемска, тука ќе има само мир и одмор, во едно многу удобно опкружување.

Господ и оние кои што биле спасени ќе престојуваат на оваа земја, но тие нема да живеат заедно со телесните луѓе кои што ќе ги имаат преживеано Големите Страдања. Господ и спасените луѓе ќе живеат во едно издвоено место, кое што ќе наликува на кралска палата или на замок. Со други зборови, духовните луѓе ќе живеат во рамките на замокот, а телесните луѓе надвор од замокот, бидејќи духовните и телесните тела не може да стојат заедно на едно место.

Духовните луѓе веќе ќе бидат преобратени во духовните тела и ќе го имаат вечниот живот. Така да тие ќе може да живеат преку мирисањето на аромите како што е миризбата на цвеќињата, но понекогаш тие исто така ќе можат и да јадат заедно со телесните луѓе. Сепак иако ќе јадат, тие нема да исфрлаат отпадни материи како телесните луѓе. Иако ќе ја јадат физичката храна, истата ќе се разложува во воздухот преку нивното дишење.

Телесните луѓе ќе се концентрираат на зголемувањето на ниниот број, бидејќи нема да има многу преживеани по Седумгодишните Големи Страдања. Во тоа време, нема да има болести ниту зло, бидејќи воздухот ќе биде чист а непријателот Сатаната и ѓаволот нема да бидат присутни. Бидејќи непријателот Сатаната и ѓаволот кои што го контролираат злото, ќе бидат затворени во една јама без дно наречена Амбис, неправедноста и злото во човечката природа нема да можат да извршат никакво влијание (Откровение 20:3). Исто така, бидејќи нема да постои смртта, земјата повторно ќе се исполни со многу луѓе.

Што тогаш ќе јадат телесните луѓе? Кога Адам и Ева

живееле во Градината Едемска, тие јаделе само од овошјата и семкастите растенија (Битие 1:29). Откако Адам и Ева не го послушале Бога и биле истерани од Градината Едемска, тие тогаш почнале да ги јадат полските треви (Битие 3:18). По Ноевата поплава, светот станал позлобен и Бог тогаш дозволил човечкиот род да јаде месо. Гледате дека колку што светот стунувал позлобен, толку позлобна станувала и храната што ја јаделе луѓето.

Во текот на Милениумот, луѓето ќе јадат полски растенија или овошја од дрвјата. Тие нема да јадат никакво месо, исто како и луѓето пред потопот на Ное, бидејќи веќе нема да има никакво зло ниту убивање. Бидејќи сите цивилизации ќе бидат уништени во војните што ќе се случуваат во текот на Големите Страдања, луѓето ќе му се вратат на примитивниот начин на живот и потоа ќе се зголемуваат по број, на земјата што Господ ја обновил. Тие ќе го имаат новиот почеток во чистата природа, која што ќе биде незагадена, мирна и убава.

Понатаму, иако луѓето го имаат искусено начинот на живот во развиената цивилизација, пред Големите Страдања и ќе го поседуваат знаењето, модерната цивилизација на денешнината не ќе може да се постигне ниту за сто или двесте години. Како што ќе минува времето, луѓето ќе ја собираат нивната мудрост така да на крајот на Милениумот, тие ќе бидат во состојба да го достигнат денешното ниво на цивилизацијата.

3. Небесата Доделени Како Награда По Судниот Ден

По Милениумот, Бог на кратко време ќе ги ослободи непријателот Сатаната и ѓаволот, што ќе бидат затворени во Амбисот, понорот без дно (Откровение 20:1-3). Иако Самиот Господ ќе владее на оваа земја за да ги поведе телесните луѓе кои ги преживеале Големите Страдања и нивните потомци, кон вечното спасение, нивната вера нема да биде вистинската. Така да, Бог ќе им дозволи на непријателот Сатаната и на ѓаволот, да ги искушуваат.

Многу од телесните луѓе ќе бидат измамени од непријателот ѓаволот и ќе тргнат по патот на уништувањето (Откровение 20:8). Така луѓето Божји повторно ќе ја имаат можноста да ја согледаат причината зошто Бог морал да го направи пеколот, а и големата љубов на Бога кој што преку човечката култивација, сака да се стекне со вистинските чеда.

Злите духови што на кратко време ќе бидат ослободени, потоа повторно ќе бидат вратени во понорот без дно и тогаш ќе се случи Големиот Судни Ден на Белиот Престол (Откровение 20:12). Како ќе се изврши Големиот Суд на Белиот Престол?

Бог Раководи Со Судот На Белиот Престол

Во јули 1982 година, додека се молев за отварањето на црквата, во детали дознав за Големиот Суд на Белиот Престол. Тогаш Бог ми откри една сцена во која што Тој му суди на секое човечко суштество. Пред Престолот на

Богот Отецот, видов како стоеја Господ и Мојсеј, а околу Престолот имаше некои луѓе кои што беа во улога на порота.

За разлика од судиите на овој свет, Бог е совршен и не прави грешки. Сепак, Тој сеуште суди заедно со Господа кој што служи како застапник на љубовта, Мојсеј како обвинител според законот, а другите членови како членови на поротата. Откровение 20:11-15 опишува точно како Бог ќе суди.

> *И видов голем бел престол и го видов Него седнат, од чие што лице побегнаа земјата и небото и за нив место не се најде. Потоа ги видов мртвите, величенствените и мали, како стојат пред тронот; и се отворија книги, и друга книга се отвори која што беше книгата на животот; и судени беа мртвите според запишаното во книгите, според делата нивни. Морето ги поврати мртвите свои, кои што беа во него; смртта и пеколот ги повратија мртвите свои, што беа во нив; и секој го прими судот според делата свои. А смртта и пеколот беа фрлени во огненото езеро. Тоа е втората смрт, огненото езеро. И оној чие што име не беше запишано во книгата на животот, беше фрлан во огненото езеро.*

„Големиот бел престол" тука се однесува на Престолот на Бога кој што е судијата. Бог, кој седи на престолот што е толку сјаен што изгледа сосем „бел," ќе го изврши конечниот суд преку љубовта и праведноста за да ја прати плевата, а не житото, во пеколот.

Затоа овој чин понекогаш се нарекува Големиот Суд на Белиот Престол. Бог тогаш ќе суди точно според „книгата на животот" во која што се запишани имињата на оние што се спасени и според други книги во кои што се запишани делата на секоја личност.

Неспасените Ќе Паднат Во Пеколот

Пред Престолот на Бога, нема да биде само книгата на животот туку исто така и некои други книги кои што ќе ги имаат запишано сите дела на секој човек што не го прифатил Господа или кој што ја немал вистинската вера (Откровение 20:12).

Од моментот кога луѓето се раѓаат, па сѐ до моментот кога Господ им ги повикува нивните духови, секое поединечно дело ќе биде запишано во овие книги. На пример, вршењето на добрите дела, колнењето некого, удирањето некого, или пак лутината кон другите луѓе, сето тоа ќе биде запишано преку рацете на ангелите.

Исто како што можете да ги запишете и да ги зачувате некои одредени разговори или пак случки, да ги имате за долго време, преку видео или аудио снимање, така и ангелите ги запишуваат и забележуваат сите ситуации во книгите на небесата, според заповедта на семоќниот Бог. Затоа, Големиот Суд на Белиот Престол ќе се случи прецизно без никаква грешка. Како ќе се изврши судењето?

Неспасените луѓе ќе бидат први судени. Овие луѓе не можат да пристапат пред Бога за да бидат судени бидејќи тие се грешници. Тие ќе бидат единствено судени во Адот, предворјето на пеколот. Иако тие нема да пристапат пред Бога, судењето ќе биде извршено исто така прецизно како и да се случува пред Самиот Бог.

Меѓу грешниците, Бог прво ќе им суди на оние чии што гревови биле поголеми. По судењето на сите оние кои што не биле спасени, сите тие ќе одат или во огненото езеро или пак во езерото со огнен сулфур и ќе бидат под вечната казна.

Спасените Ги Примаат Наградите На Небесата

Откако судењето на оние кои што не биле спасени ќе се заврши, ќе следи одредувањето на наградите на оние кои што биле спасени. Како што е ветено во Откровението 22:12, *„И еве, ќе дојдам наскоро, и отплатата Моја е со Мене, за да му дадам на секого според делата негови,"* местата и наградите на Небесата ќе бидат одредени во согласност со делата.

Судењето за наградите ќе се одвива релаксирано пред Бога, бидејќи истото ќе се однесува на чедата Божји. Доделувањето на наградите ќе започне со оние луѓе на кои што им следуваат најголемите и највозвишените награди, па ќе продолжи сé до оние кои што ќе ги добијат најмалите награди, потоа чедата Божји ќе влезат на нивните заслужени места.

И ноќ нема да има таму, и не ќе имаат потреба од светилото на лампата, ниту пак од сончевата светлина, бидејќи Господ Бог ќе ги осветлува, и ќе владеат заедно во век и веков (Откровение 22:5).

И покрај многуте потешкотии и проблеми на овој свет, колку ли е убаво и исполнето со среќа да знаете и да ја имате надежта за небесата! Тука, вие ќе живеете засекогаш заедно со Господа, единствено во среќата и уживањето, без солзите, тагата, болката, болестите или смртта.

Јас ви опишав само еден мал дел од Седумгодишната Свадбена Веселба и Милениумот во кои што ќе владеете заедно со Господа. Кога овие времиња – само исечок од животот на небесата – се навистина толку среќни, колку ли посреќни и порадосни ке бидат тие на небесата? Затоа, вие би требало да потрчате кон вашето место и кон наградите подготвени за вас на небесата, и да трчате сѐ до моментот кога Господ ќе се врати да ве земе.

Зошто нашите прататковци на верата толку силно се трудеа и толку многу страдаа и тргаа по тесната патека што води кон Господа, наместо да тргнат по лесниот пат на овој свет? Тие постеа и се молеа во текот на многу ноќи за да ги отфрлат нивните гревови и целосно да се посветат себеси на Бога, бидејќи ја имаа надежта за небесата. Бидејќи тие веруваа во Бога кој што според нивните дела ќе ги награди на небесата, тие истрајно се обидуваа да станат осветени и да бидат верни во целиот Божји дом.

Затоа се молам во името на Господа да вие не само присуствувате на Седумгодишната Свадбена Веселба и да бидете во прегратката на Господа, туку исто така и да бидете блиску до Престолот на Бога на небесата, обидувајќи се најповеќе што можете на својот пат со надежта за небесата.

Глава 4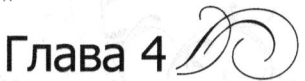

Тајните На Небесата Скриени Уште Од Времето На Создавањето

1. Тајните На Небесата Се Откриваат Уште Од Времето На Исуса
2. Тајните На Небесата Откриени На Крајот На Времето
3. Во Домот На Мојот Отец Има Многу Места За Живеење

А Исус им одговори и рече,
„ Зашто вам ви е дадено да ги знаете
тајните на царството небесно,
а ним не им е дадено.
Оти, кој има, ќе му се даде,
и ќе му се преумножи;
а кој нема,
ќе му се земе и она што има.
Затоа им зборувам во параболи;
оти гледаат а не виѓаваат,
слушаат а не чујат,
ниту, пак, разбираат. "

Сето ова му го зборуваше Исус
на народот во параболи,
без приказни не им говореше ништо.
За да се исполни реченото преку пророкот
кој кажува:
„ Со параболи ќе ја отворам устата Своја;
Ќе ги искажам тајните
од создавањето на светот. "

- Матеј 13:11-12, 34-35 -

Еден ден, кога Исус седел на брегот, тука се собрале многу луѓе. Тогаш Исус им кажал за многу нешта преку параболите. Учениците на Исус тогаш го прашаа Него, *"Зошто во параболи им зборуваш?"* Исус им одговори:

Зашто вам ви е дадено да ги знаете тајните на царството небесно, а ним не им е дадено. Оти, кој има ќе му се даде и ќе му се преумножи; а кој нема, ќе му се земе и она што го има. Затоа им зборувам во параболи, оти гледаат а не виѓаваат, слушаат а не чујат, ниту, пак, разбираат. И над нив се исполнува пророкувањето на Исаија, кое што кажува, 'Со уши ќе чуете а нема да разберете; со очи ќе гледате а нема да видите; срцето на овие луѓе закоравело, и со ушите тешко слушаат, и ги затвориле очите свои да не би некогаш со очите да видат и со ушите да чујат и со срцето да разберат, та да не се покајат и да не ги исцелам.' Вашите, пак очи се блажени, оти гледаат; и ушите ваши – бидејќи слушаат; Зашто, вистина, ви велам: многу пророци и праведници сакаа да го видат тоа што го гледате вие, а не го видоа, и да чујат што слушате вие, а не чуја (Матеј 13:11-17).

Како што кажал Исус, многу пророци и праведници не можеле да ги видат или да ги чујат тајните на кралството небесно иако сакале да ги видат и да ги чујат.

Сепак, бидејќи Исус, кој што во неговата суштина Самиот е Бог, слегол долу на оваа земја (Филипјани 2:6-8), на Неговите ученици им било дозволено да им се откријат тајните на небесата.

Како што е напишано во Матеј 13:35, „*За да се исполни реченото преку пророкот кој што кажува: 'Со параболи ќе ја отворам устата Своја; ќе ги искажам тајните од создавањето на светот,'*" Исус зборувал во параболи за да го исполни она што било запишано во Светото Писмо.

1. Тајните На Небесата Се Откриваат Уште Од Времето На Исуса

Во Матеј 13, постојат многу параболи за небесата. Сето ова е така бидејќи без параболите, вие не би биле во можност да ги разберете и сватите тајните на небесата, дури и да ја прочитате Библијата многу пати.

Кралството небесно може да се спореди со човекот кој што го посеал доброто семе на својата нива (с. 24).

Кралството небесно прилега на зрното синапово, кое што човекот го зема и го сее на нивата своја; тоа е најмалото од сите семиња, но, кога ќе израсне, поголемо е од сите растенија, па станува дури и дрво – така што птиците ќе можат да долетаат и да застанат на неговите гранки (с. 31-32).

Кралството небесно прилега на квасецот, што жената го зема и го става во три мери брашно, дури не скисне сето (с. 33).

Кралството небесно прилега уште и на драгоценост, сокриена во нивата, која што ја пронашол некој човек и ја прикрил; па од радост за неа, отишол и продал сé што имал и ја купил истата таа нива (с. 44).

Кралството небесно прилега и на трговецот, кој што барал убави бисери; и откако го нашол тоа зрно скапоцен бисер, одишол и продал сé што има за да го купи (с. 45-46).

Кралството небесно прилега, исто така, и на мрежата, која што се фрла во морето и уловува секакви риби; и кога ќе се наполни, ја извлекуваат на брегот и седнуваат, па добрите риби ги собираат во садови, а лошите ги фрлаат (с. 47-48).

Слично на ова, Исус проповедал за небесата, што се наоѓаат во духовното кралство, користејќи многу параболи. Бидејќи небесата се наоѓаат во невидливото духовно кралство, вие ќе можете да ги осознаете само преку параболите.

Со цел да го имате вечниот живот на небесата, вие ќе морате да го живеете правилниот живот со верата, знаејќи како да се стекнете со небесата, каков вид на луѓе ќе влезат таму и кога тоа ќе се исполни.

Која е крајната цел на одењето во црквата и на живеењето на животот во верата? Тоа е да се биде спасен и да се оди на небесата. Сепак, доколку не можете да одите на небесата иако сте оделе во црквата во текот на долго време, колку ли разочарани ќе бидете вие?

Дури и во времето на Исуса, многу луѓе го почитувале законот и го искажувале своето верување во Бога, но не биле квалификувани да бидат спасени и да влезат на небесата. Во Матеј 3:2, поради оваа причина, Јован Крстител кажува, *„Покајте се, зашто се приближи царството небесно!"* и го подготвува патот на Господа. Исто така, во Матеј 3:11-12, тој им кажал на луѓето дека Исус е спасителот и Господот на Страшниот Суд, кажувајќи, *„Јас ве кштавам за покајание со вода, но Оној што иде по мене е посилен од мене; и јас не сум достоен ниту да Му ги понесам ни обувките; Тој ќе ве крсти со Духот Свети и со огнот. Вилата е во Неговите раце, и Тој ќе го очисти гумното Свое и ќе Си го прибере житото во амбар, а плевата ќе ја изгори со огнот што никогаш не гасне."*

Сепак, Израелците од тоа време не само што не го признале како нивниот Спасител, туку исто така и Го распнале Него. Колку ли е тажно што тие дури и ден денес сеуште го чекаат Месијата!

Тајните На Небесата Откриени На Апостолот Павле

Иако апостолот Павле не бил еден од дванаесетте првични ученици на Исуса, тој не заостанал зад никого во исповедањето на Исуса Христа. Пред да го сретне Господа, Павле бил Фарисеј кој што строго се придржувал кон законот и кон традицијата на старешините, и бил Евреин кој што го имал Римското државјанство уште од раѓањето, и учествувал во прогонот на раните Христијани.

Сепак, откако го сретнал Господа на патот за Дамаск, Павле го сменил мислењето и потоа повел многу луѓе по патот на спасението преку тоа што се посветил на покрстувањето на Незнабожците.

Бог знаел дека Павле ќе страда од многу силни болки и прогони додека го проповеда евангелието. Затоа, Тој му ги открил извонредните тајни на небесата, за да може полесно да се движи кон целта (Филипјани 3:12-14). Бог му овозможил да го проповеда евангелието преку извонредната милост во надежта за небесата.

Доколку ги прочитате Павловите Посланија, можете да видите дека тој пишувал целосно исполнет со инспирацијата на Светиот Дух, за повторното Господово доаѓање, за подигнувањето на верниците во воздухот, нивните места за живеење на небесата, славата на небесата, вечните награди и круни, за Мелхиседека вечниот свештеник и за Исуса Христа.

Во 2 Коринтјани 12:1-4, Павле ги споделува неговите духовни искуства со црквата на Коринт што тој самиот ја основал, но која што не живеела во согласност со Божјото Слово.

> *Да се фалам, немам полза, но ќе минам кон виденијата и откровенијата Господови. Знам еден човек во Христа, кој што пред четиринаесет години, со тело ли, не знам; без тело ли, не знам; Бог знае, беше грабнат и однесен до Третото Небо. И знам дека тој човек, со тело ли, или без тело – не знам; Бог знае, беше грабнат и однесен во Рајот и дека чул некои неискажливи зборови, кои што на човека не му се дозволени да ги искаже.*

Бог го избрал апостолот Павле за покрстувањето на Незнабожците, го прочистил преку огнот и му ги дарил виденијата и откровенијата. Бог го водел на патот да ги надмине сите потешкотии преку љубовта, верата и надежта за небесата. На пример, Павле се исповедал дека бил одведен во Рајот на Третите Небеса и дека слушнал за тајните на небесата пред четиринаесет години, но тие биле толку чудесни што човек не смеел да кажува за истите.

Апостолот е личноста која што е повикана од Бога и која што во потполност ја почитува Неговата волја. Сепак, имало некои луѓе меѓу членовите на коринтската црква кои биле измамени од лажни учители и го осудувале апостолот Павле.

Во тоа време, апостолот Павле ги навел тешкотиите што ги издржал за Господа и ги споделил неговите духовни искуства во упатувањето на Коринтјаните кон станувањето на прекрасните невести Божји, дејствувајќи во склад со Словото Божјо. Сето ова не било со намера да се пофали во врска со неговите духовни искуства, туку за да се подигне и зајакне црквата на Христа преку одбраната и потврдувањето на неговото апостолство.

Она што треба да го разберете е тоа дека виденијата и откровенијата на Божји може да им се дадат само на оние кои што се праведни во очите на Бога. Исто така вие, за разлика од членовите на Коринтската црква кои што биле измамени од лажните учители и го осудувале Павла, не смеете да осудувате никого кој што работи за проширувањето на кралството Божјо, кој што спасува многу луѓе и кој што е признаен од Бога.

Тајните На Небесата Прикажани На Апостолот Јован

Апостолот Јован бил еден од дванаесетте ученици и многу бил сакан од Исуса. Самиот Исус не само што го нарекувал негов „следбеник" туку исто така духовно го прихранувал за да може да му служи на својот учител од непосредната близина. Тој бил толку избувлив што го нарекувале „синот на громот," но откако бил преобразен од силата Божја, станал апостолот на љубовта. Јован го следел Исуса барајќи ја небесната слава. Тој исто така бил единствениот ученик кој што ги слушнал последните седум збора што Исус ги изговорил кога бил на крстот. Тој бил верен во неговата должност како апостол, и станал голем човек на небесата.

Како резултат на жестоките прогони на Христијанството

од страна на Римската Империја, Јован бил фрлен во зовриено масло, но не умрел, туку бил прогонет на островот Патмос. Таму тој длабински општел со Бога и го напишал Откровението кое што е полно со тајните на небесата.

Јован пишувал за навистина многу духовни нешта како што се Престолот на Бога и на Агнецот на небесата, обожувањето кое што ќе биде на небесата, четирите живи суштества околу престолот на Бога, Седумгодишните Големи Страдања и улогата на ангелите, Свадбената Веселба на Агнецот и Милениумот, Страшниот Суд на Белиот Престол, пеколот, Новиот Ерусалим на небесата и за понорот без дно, Амбисот.

Затоа апостолот Јован кажува во Откровението 1:1-3 дека Книгата е запишана низ откровенијата и виденијата на Господа и Тој забележува сé бидејќи сето што било запишано наскоро ќе се случи.

> *Откровението на Исуса Христа, кое што Му го даде Бог, за да го покаже на слугите Свои она, што треба да стане скоро; и Тој го јави тоа на слугата Свој Јована преку ангелот Свој, кој што го посведочи Словото Божјо и сведоштвото на Исуса Христа, и сé што виде. Благословен е оној, кој што чита, и оние, кои што ги слушаат зборовите на пророштвото и пазат на напишаното во него; зошто времето е блиску.*

Изразот „времето е блиску" укажува дека времето на

Господовото враќање е блиску. Затоа, многу е важно да се поседуваат квалификациите за да се влезе на небесата, со тоа што ќе се биде спасен преку верата.

Дури и ако секоја недела одите во црквата, не можете да бидете спасени освен ако ја немате верата пропратена со дела. Исус ви кажува, *"Не секој што Ми вели, 'Господи, Господи,' ќе влезе во кралството небесно, туку само оној кој што ја исполнува волјата на Мојот Отец небесен"* (Матеј 7:21). Така доколку вие не дејствувате во склад со словото Божјо, очигледно е дека нема да влезете на небесата.

Затоа, апостолот Јован ги објаснува случувањата и пророштвата што ќе се случат и наскоро во поединости ќе бидат исполнети од Откровението 4 па натаму, и заклучува дека Господ повторно ќе дојде и вие ќе морате да ја исчистите вашата облека.

> *И еве, ќе дојдам наскоро и отплатата Моја е со Мене, за да му ја дадам на секого според делата негови. Јас сум Алфа и Омега, Почеток и Свршеток, Првиот и Последниот. Благословени се оние кои што ги исполнуваат заповедите Негови, за да бидат достојни за дрвото на животот и да можат да влезат во градот низ портите* (Откровение 22:12-14).

Духовно, облеката се однесува на срцето и дејствувањето на поединецот. Чистењето на облеката се однесува на покајувањето на гревовите и обидувањето да се живее во склад со Божјата волја.

Па така да до оној степен до кој што живеете според Словото Божјо, ќе минете низ портите сé додека не влезете на најубавото место на небесата, Новиот Ерусалим.

Затоа треба да сфатите дека колку што повеќе растете во верата, толку подобро ќе биде вашето место за живеење на небесата.

2. Тајните На Небесата Откриени На Крајот На Времето

Да проникнеме во тајните на небесата кои што ни се откриени и кои што ќе се исполнат на крајот на времето, преку параболите на Исуса во Матеј 13.

Тој Ќе Ги Издвои Грешните Од Праведните

Во Матеј 13:47-50, Исус вели дека царството небесно е како мрежата што е фрлена во езерото и во која се фатени различните видови на риби. Што би можело да значи ова?

Кралството небесно прилега, исто така, и на мрежа, која што се фрла во морето и која што уловува секакви риби; и кога ќе се наполни, ја извлекуваат на брегот и седнуваат, па добрите риби ги собираат во садови, а лошите ги фрлаат. Така ќе биде и при свршетокот на светот: Ќе излезат ангелите и ќе ги одделат лошите од праведните, и ќе ги фрлат во вжарената печка;

таму ќе има плач и крцкање со заби.

„Морето" во овие стихови се однесува на светот, а „рибите" на сите верници. Рибарот што ја фрла мрежата во морето и ги фаќа рибите е Бог. Што тогаш, би можело да значи Бог да ја фрли мрежата, да ја подигне кога е полна и да ги собере добрите риби во садови, а лошите да ги фрли? Тоа ви укажува дека на крајот на времето ќе дојдат ангелите и ќе ги соберат праведните за небесата, а ќе ги фрлат лошите во пеколот.

Денеска, голем број од луѓето мислат дека тие сигурно ќе влезат во кралството небесно, доколку го прифатат Исуса Христа. Исус, сепак јасно ни кажува, *„Ќе излезат ангелите и ќе ги одделат лошите од праведните и ќе ги фрлат во вжарената печка"* (Матеј 13:50). Кога се кажува „праведните" всушност се мисли на оние кои што се наречени „праведни" преку верувањето во Исуса Христа во нивните срца, но и што ги изразуваат нивните верувања и со дела. Вие можете да бидете „праведни," не само бидејќи го знаете словото Божјо, туку бидејќи ги почитувате Неговите заповеди но и дејствувате во склад со Неговата волја (Матеј 7:21).

Во Библијата постојат многу „Прави," „Не прави," „Придржувај се" и „Отфрли." Само оние луѓе кои што ќе живеат според словото Божјо, ќе можат да бидат наречени „праведни" и за нив ќе се смета дека ја имаат духовната, жива вера. Постојат некои луѓе за кои што може да се каже дека во суштина се праведни, но тие може да бидат категоризирани како „праведни" во очите на луѓето, или пак „праведни," но сега во очите на Бога. Затоа, вие треба да бидете способни да ја согледате разликата помеѓу праведноста на луѓето и таа на Бога, и да станете праведен човек, но тоа да биде во очите на Бога.

На пример, доколку човек кој што се смета себеси за праведен украде нешто, тогаш кој би го прифатил него за праведен? Доколку оние кои што се нарекуваат себеси „чедата Божји," продолжат да прават гревови и да не живеат според словото Божјо, тие нема да можат да бидат наречени „праведни." Таквите луѓе ќе бидат грешници меѓу „праведните."

Сјајот На Секое Небесно Тело Е Различен

Доколку го прифатите Исуса Христа и живеете единствено во согласност со Божјото слово, тогаш вие ќе сјаете на небесата, како што сјае сонцето. Апостолот Павле во детали ни ги опишува тајните на небесата во 1 Коринтјани 15:40-41.

> *Постојат некои тела небесни и тела земни, но друга е славата на небесните а друга е на земните; една е славата на сонцето; а друга е славата на месечината, инаква е пак на ѕвездите; па и ѕвезда од ѕвезда по славата се разликува.*

Бидејќи една личност може да ги поседува небесата единствено преку верата, разбирливо е дека славата што ќе ја имаат на небесата ќе се разликува според мерката на верата на поединецот. Затоа постои славата на сонцето, на месечината и на ѕвездите. Дури и меѓу ѕвездите мерката на сјајност се разликува.

Да погледнеме уште една тајна на небесата преку параболата на синаповото семе во Матеј 13:31-32.

(Исус) им кажа и друга парабола, кога кажа, "Кралството небесно прилега на зрното синапово, кое што човек го зема и го сее на нивата своја; тоа е најмалото од сите семиња, но, кога ќе израсне, поголемо е од сите растенија, па станува дури и дрво – така што птиците небески долетуваат и застануваат на неговите гранки."

Едно синапово семе е мало колку што е и точката оставена со хемиско пенкало. Дури и ова мало семе ќе израсне за да стане големо дрво на кое што птиците ќе застануваат да се одморат. Тогаш, што сакал Исус да не подучи преку оваа парабола со синаповото семе? Лекцијата што треба да се научи е дека небесата се поседуваат само преку верата и дека постојат различни мерки на верата. Па така, доколку сега ја имате "малата" вера, вие можете да ја израснете во "голема" вера.

Дури И Верата Толку Мала Како Синаповото Семе

Исус во Матеј 17:20 кажува, *"Поради вашата мала вера; зошто вистина ви велам, ако ја имате верата макар и колку синаповото зрно, ќе ѝ речете на оваа планина, 'Премести се од овде таму!,' и таа ќе се премести; и ништо нема да биде за вас неможно."* Како одговор на барањата на Неговите ученици, „Засили ја во нас верата!" Исус одговара, *„Кога би ја имале верата колку што е синаповото зрно и ѝ речете на оваа црница: откорни се и пресади се в море! И таа би ве послушала"* (Лука 17:5-6).

Што тогаш е духовното значење на овие стихови? Тоа значи дека кога верата што е мала како синаповото семе, почне да расне и стане голема вера, тогаш ништо нема да биде невозможно. Кога некој ќе го прифати Исуса Христа, нему ќе му биде дадена верата голема колку што е и синаповото зрно. Кога тој ќе го засади тоа семе во неговото срце, истото потоа ќе изникне. Кога ќе израсне во големата вера со големина на големото дрво каде што многу птици можат да дојдат и да застанат, тогаш таа личност ќе може да ги искуси делата на силата Божја, што ги извршувал и Исус, како што се кога слепите прогледуваат, глувите прослушуваат, немите прозборуваат а мртвите може да оживеат.

Доколку мислите дека ја имате верата но не можете да ги прикажете делата на Божјата сила и сеуште имате проблеми во вашето семејство или работата, сето тоа е бидејќи вашата вера е сеуште мала како синаповото зрно и не израснала да биде како големото дрво.

Процесот На Раст На Духовната Вера

Во 1 Јован 2:12-14, апостолот Јован накратко ни го објаснува растот на духовната вера.

> *„Ви пишувам вам, чеда, дека заради Неговото име ви се простени гревовите. Ви пишувам вам,*

татковци, зашто Го познавате Оној, Кој што е од почетокот; ви пишувам вам, момчиња, зашто го победивте лукавиот. Ви напишав вам, татковци, бидејќи Го познавте Оној, Кој што е од почетокот; ви напишав вам, момчиња, зашто сте силни, и словото Божјо пребива во вас, па го победивте лукавиот."

Вие треба да разберете дека постои процес на растење на верата. Мора да ја развиете вашата вера до тој степен да ја добиете верата на татковците со која ќе бидете во можност да го осознаете Бога кој што постоел уште пред почетокот на времето. Вие не би требало да се задоволите со нивото на верата на децата, чии што гревови се проштеваат на сметка на Исуса Христа.

Исто така, како што вели Исус во Матеј 13:33, *„Царството небесно прилега на квасецот, што го зема жената и го клава во три мери брашно, дури не скисне сето."*

Затоа мора да разберете дека израснувањето на верата што е мала како синаповото зрно до големата вера, може да се изврши онолку брзо како што и квасецот го подига тестото. Како што се вели во 1 Коринтјани 12:9, верата е духовниот дар што ви е даден од Бога.

Да Се Купат Небесата Преку Сé Што Имате

Вам ви се потребни некои суштински напори за да се стекнете со небесата бидејќи небесата може единствено да се поседуваат преку верата и затоа постои процесот на растот во верата. Дури и на овој свет, вие треба многу напорно да работите за да се стекнете со богатството и славата, а да не зборуваме за заработувањето на доволно пари да можеме да си купиме, на пример, куќа. Вие се трудите толку многу да си ги купите и да ги одржувате сите тие нешта, од кои што ниту едно не можете да го задржите засекогаш. Колку повеќе, тогаш, вие би требало да се обидувате да се здобиете со извонредноста и со местото за живеење на небесата каде што ќе живеете засекогаш?

Исус кажува во Матеј 13:44, *„Царството небесно прилега на драгоценоста, скриена во нивата, која што ја нашол некој човек и ја прекрил, па од радоста за неа, отишол и продал сé што имал за да ја купи таа нива."* Тој продолжува во Матеј 13:45-46, *„Царството небесно прилега и на трговецот кој што барал убави бисери; па, штом нашол едно зрно скапоцен бисер, отишол и продал сé што има за да го купи."*

Па какви се тогаш тајните на небесата што ни се откриваат преку параболите на богатството скриено во нивата и на добриот бисер? Исус обично кажувал параболи со некои нешта што може лесно да се најдат во секојдневниот живот. Сега да погледнеме во параболата за „богатството скриено на нивата"

Постоел еден сиромашен земјоделец кој што заработувал за живот преку надничарењето. Еден ден тој отишол да работи по барање на неговиот сосед. На земјоделецот му било кажано дека земјата била неплодна бидејќи долго време не била обработувана, но неговиот сосед сакал да засади некакви овошни дрвја тука па така земјата да не стои попусто. Земјоделецот се согласил да го сработи тоа што се барало од него. Еден ден, тој ја чистел земјата и открил нешто многу тврдо при удирањето со лопатата. Продолжил да копа и нашол големо богатство закопано во земјата. Земјоделецот што го открил богатството почнал да размислува за начините преку кои би можел да го поседува богатството. Решил да ја купи земјата во која што било скриено богатството и бидејќи нивата била неплодна и била практично запуштена, земјоделецот помилил дека сопственикот на земјата можеби ќе сака да ја продаде без многу проблеми.

Земјоделецот се вратил во неговата куќа, издвоил сé што поседувал и почнал да ги продава нештата што ги поседувал. Сепак тој не жалел да го продаде сето што го поседува, бидејќи го открил богатството што вредело многу повеќе од сето што го имал.

Параболата За Богатството Скриено Во Нивата

Што би требало да согледате преку параболата за богатството скриено во нивата? Се надевам дека ја разбравте тајната на небесата преку барањето на духовното значење во параболата за богатството скриено во нивата, низ следните четири аспекти.

Прво, нивата се однесува на вашето срце а богатството упатува на небесата. Таа укажува дека небесата, како и богатството се скриени во вашето срце.

Бог ги создал човечките суштества така да тие имаат дух, душа и тело. Духот е создаден да биде како владетелот на човекот и да општи со Бога. Душата е создадена да ги почитува заповедите на духот, а телото е направено како живеалиште за духот и за душата. Затоа, човекот е навикнат да биде живиот дух, како што се вели во Битие 2:7.

Од времето кога првиот човек Адам го сторил гревот на непочитувањето, духот, господарот на човекот, умрел и душата почнала да ја извршува улогата на господар. Луѓето тогаш западнале во повеќе гревови и морале да и се покорат на смртта бидејќи тие веќе не можеле да општат со Бога. Тие сега биле луѓето на душата, која што е под контролата на непријателот Сатаната и ѓаволот.

Поради ова, Богот на љубовта го испратил на овој свет Неговиот еден и единствен Син Исус и дозволил Тој да биде распнат и ја пролее Неговата крв како жртвата на искупувањето, за да се искупат гревовите на сето човештво. Заради ова, патот на спасението се отворил и за вас да станете чеда на светиот Бог и повторно да можете да општите со Него.

Затоа, кој и да го прифати Исуса Христа како неговиот личен Спасител, ќе го прими и Светиот Дух и тогаш неговиот дух ќе оживее. Исто така таквата личност ќе се здобие со правото да стане чедото Божјо и тогаш радоста ќе и го исполни нејзиното срце.

Тоа значи дека духот тогаш повторно започнал да општи со Бога и да ја контролира душата и телото, станувајќи господарот на човечкото суштество. Ова исто така значи дека таквата личност почнала да се плаши од Бога и да го почитува Неговото слово, исполнувајќи ги одредените должности зададени на човекот.

Затоа оживувањето на духот е исто како и откривањето на богатството закопано во нивата. Небесата се како богатството скриено во нивата бидејќи небесата се сега присутни во вашето срце.

Второ, човекот што го открива богатството скриено во нивата и станува радосен, укажува дека доколку поединецот го прифати Исуса Христа и го прими Светиот Дух, мртвиот дух ќе му оживее повторно и тој ќе сфати дека небесата се наоѓаат во неговото срце и ќе биде среќен поради тоа.

Исус кажува во Матеј 11:12, *„А од деновите на Јована Крстител па сé до сега, кралството небесно насила се зема и силните го грабаат."* Апостолот Јован исто така пишува во Откровението 22:14, *„Благословени се оние кои што ги исполнуваат заповедите Негови, за да бидат достојни за дрвото на животот и за да влезат во градот низ портите."*

Она што можете да го научите преку ова, е дека не секој што го прифатил Исуса Христа ќе оди на истото место за живеење во царството небесно. До онаа мерка до која што наликувате на Господа и сте станале вистинољубиви, до таа мерка ќе наследите и поубаво живеалиште во рамките на небесата.

Затоа, оние кои што го љубат Бога и се надеваат на небесата ќе дејствуваат во склад со Божјото слово во сé и ќе наликуваат на Господа така што ќе го отфрлат сето нивно зло.

Вие ќе го поседувате царството небесно онолку, колку што ќе го исполните вашето срце со небесата, каде што постои само добрината и вистината. Дури и на оваа земја, вие ќе бидете радосни, кога ќе сфатите дека небесата се во вашето срце.

Ова е онаа радост што ја доживувате кога за прв пат ќе се сретнете со Исуса Христа. Доколку поединецот што одел по патот на смртта го избегнал тоа и се стекнал со вистинскиот живот и вечната небеса преку Исуса Христа, колку ли радосен би бил тој! Тој исто така ќе биде благодарен и поради тоа што во неговото срце ќе може да верува во кралството небесно. Така да радоста на човекот кој што се радува бидејќи го открил богатството сокриено во нивата е иста со радоста на прифаќањето на Исуса Христа и на здобивањето со кралството небесно во своето срце.

Трето, повторното криење на богатството откако истото ќе биде најдено, укажува дека мртвиот дух на поединецот оживеал и дека сака да живее во склад со Божјата волја, но и дека тој не може да ја претвори својата одлучност во дејство, бидејќи сеуште ја нема стекнато силата да живее според Словото Божјо.

Земјоделецот не може веднаш да го ископа богатството штом ќе го пронајде. Тој мора прво да ги продаде сите нешта што ги поседува па потоа да ја купи нивата. На истиот начин вие знаете дека постојат небесата и пеколот, и дознавате како можете да влезете на небесата кога ќе го прифатите

Исуса Христа, но вие не можете да го прикажете вашето дејствување веднаш откако ќе започнете да го слушате словото Божјо.

Бидејќи пред да го прифатите Исуса Христа, сте го живееле животот на еден неправеден начин кој што се косел со словото Божјо, во вашето срце има останато многу од неправдата. Сепак доколку не го отфрлите од вашето срце сето што е невистинито додека го исповедате вашето верување во Бога, Сатаната ќе продолжи да ве води кон темнината за да не можете да живеете според словото Божјо. Исто како што земјоделецот ја купил нивата откако продал сé што поседувал, вие исто така ќе можете да се стекнете со богатството во вашето срце, само откако ќе се обидете да го отфрлите умот на неправедноста и кога ќе се здобиете со искреното срце кое што го сака Бог.

Затоа, вие треба да ја следите вистината, што всушност е словото Божјо, така што ќе се потпрете само на Бога и силно ќе се молите. Само тогаш невистината ќе може да биде отфрлена и вие ќе можете да се стекнете со силата да дејствувате и да живеете во склад со словото Божјо. Вие треба да имате на ум дека небесата се наменети само за таквиот вид на луѓе.

Четврто, продавањето на сето што го поседувате укажува на тоа дека за да оживее мртвиот дух и да стане господар на човекот, вие треба да ги срушите сите невистини што и припаѓаат на душата.

Кога мртвиот дух ќе оживее, вие ќе сфатите дека постојат

небесата. Треба да се здобиете со небесата на тој начин што ќе ги разрушите сите мисли на невистина, што и припаѓаат на душата и се управувани од страната на Сатаната, и така што верата ќе ви биде проследена со дела. Ова е истиот принцип како и на пилето што мора да ја скрши лушпата од јајцето за да дојде на овој свет.

Затоа вие мора да се откажете од сите дела и желби на телото, за да можете во потполност да се стекнете со небесата. Дополнително значи, вие ќе треба да станете човекот на целиот дух, кој што во потполност ќе наликува на божествената природа на Господа (1 Солуњани 5:23).

Делата на телото се манифестацијата на злобата во срцето што водат кон дејствување. Желбите на телото се однесуваат на сите природи на гревот во срцето, што може да доведат до дејство во било кое време дури и ако сеуште не се претворени во дејство. На пример, доколку ја имате омразата во вашето срце, таа ја претставува желбата на телото и ако таа омраза подоцна доведе до дејствувањето да удрите некој човек, тоа ќе биде делувањето на телото.

Галатјаните 5:19-21 цврсто укажува, *„Делата на грешната природа на телото се очигледни: сексуалниот неморал, блудството и развратот, идолатријата и вештерстовото, омразата, раздорот, љубомората, гневот, себичната амбиција, размирициите, оделувањето и зависта, пијанството, оргиите и слично. Однапред ви велам, оние кои што живеат на овој начин нема да го наследат кралството Божјо."*

Исто така, Римјаните 13:13-14 ни кажува, *„Да одиме чесно како дење – не во срамни гоштавки и пијанства, не* во блуд и нечистотија, ниту пак, во препирка и завист; туку облечете се во Господа нашиот Исус Христос и грижата за телото не претворувајте ја во похоти, " и Римјани 8:5 кажува, *„Оти оние, кои што живеат по телото мислат за телесното, а оние кои што живеат по Духот – за духовното."*

Затоа продавањето на сè што поседувате, значи рушењето на сета невистина против волјата Божја, во вашата душа, и отфрлањето на вашите телесни дела и желби што не се правилни според словото Божјо а и на сето останато што сте го засакале повеќе отколку што сте го засакале Бога.

Доколку на овој начин се придржувате на отфрлањето на вашите гревови и злобата, вашиот дух сè повеќе и повеќеќе оживува и вие ќе можете да живеете во склад со словото Божјо, следејќи ги желбите на Светиот Дух. На крајот ќе станете човек на духот и ќе бидете во можност да се здобиете со божествената природа на Господа (Филипјани 2:5-8).

Небесата Се Поседуваат Онолку Колку Што Тие Се Остварени Во Срцето

Оној кој што се здобил со небесата преку верата е оној кој што продава сè што поседува преку отфрлањето на сето зло и преку достигнувањето на небесата во неговото срце. Еден ден, кога Господ ќе се врати, небесата што биле како сенка ќе станат реалност и таквата личност ќе се здобие со вечните небеса. Оној што ги поседува небесата всушност е најбогатата личност дури и ако го отфрлил сето што е на овој свет. Оној човек кој што не ги поседува небесата е најсиромашниот човек, кој што всушност во реалноста нема ништо, дури и ако го поседува сето она што може да се поседува на овој свет. Сето ова е така бидејќи сето што ви е потребно всушност е во Исуса Христа, и сето што е надвор од Исуса Христа е безвредно, бидејќи по смртта претстои само вечниот суден ден.

Затоа Матеј почнал да го следи Исуса, откажувајќи се дури и од својата работа. Затоа Петар почнал да го следи Исуса, откажувајќи се од својот рибарски чамец и мрежата. Дури и апостолот Павле сметал дека сето она што го поседува е безвредно, откако го прифатил Исуса Христа. Причината зошто сиве овие апостоли можеле да се однесуваат на овој начин е во тоа што тие сакале да го најдат богатството, кое што било поврдно од што и да е друго на овој свет и да го ископаат.

На истиот начин, вие ќе морате да ја покажете вашата вера преку дела, така што ќе го почитувате словото на вистината и ќе ги отфрлите сите невистини што се против Бога. Вие морате да го достигнете кралството небесно во вашето срце, преку распродавањето на сите невистини како што се, тврдоглавоста, гордоста и ароганцијата што до сега сте ги имале и сте ги сметале за богатство, во вашето срце.

Затоа вие не треба да барате некои нешта што се од овој свет, туку да го продадете сето она што го поседувате, за да можете да ги достигнете небесата во вашите срца и да го наследите вечното кралство небесно.

3. Во Домот На Мојот Отец Има Многу Места За Живеење

Од Јован 14:1-3, можете да видите дека на небесата постојат многу места за живеење и дека Исус Христос отишол, за да ги подготви местата за вас на небесата.

> *Да не се плаши срцето ваше; верувајте во Бога и во Мене. Во домот на Мојот Отец има многу места за живеење. А да немаше, Јас ќе ви кажев. Одам да ви приготвам место. И кога ќе отидам и ќе ви приготвам место, пак ќе дојдам, и ќе ве земам вас при Себе за да бидете и вие каде што сум Јас.*

Господ Отишол За Да Ви Приготви Место На Небесата

Исус им ги кажал на своите ученици некоите нешта што ќе се случат непосредно пред Тој да биде уапсен за да биде распнат. Гледајќи во Неговите ученици, кои што биле загрижени откако слушнаа за предавството на Јуда Искариотски, одрекувањата на Петар и смртта на Исуса, Тој ги утешил со тоа што им кажал за живеалиштата на небесата.

Поради тоа Тој им кажал, „Во домот на Мојот Отец има многу места за живеење. А да немаше, Јас ќе ви кажев. Одам да ви приготвам место." Исус бил распнат и воскреснал по три дена, кршејќи ги прангиите на смртта. Потоа, по четириесет дена, Тој се искачил на небесата додека многу луѓе го гледале тоа, за да ги приготви местата на небесата за вас.

Тогаш што би можело да значи следново „Одам да ви приготвам место?" Како што е напишано во 1 Јован 2:2, *„[Исус] А Он е очистувањето за нашите гревови, и не само нашите, туку и на гревовите на целиот свет,"* тоа значи дека Исус го искршил ѕидот на гревовите помеѓу луѓето и Бога, така да преку верата секој ќе ја има можноста да се здобие со небесата.

Без Исуса Христа, ѕидот на гревовите помеѓу Бога и вас не би можел да биде срушен. Во Стариот Завет, кога човек ќе направел некои гревови, тој тогаш нудел животно како жртва на покајание за да се окајат неговите гревови. Исус сепак, ви овозможил да ви бидат простени вашите гревови и да станете свет со тоа што ќе го понудите Него самиот како една и единствена жртва (Евреи 10:12-14).

Единствено преку Исуса Христа ѕидот на гревот помеѓу Бога и вас може да биде разрушен, а вие тогаш можете да го примите благословот на влегувањето во кралството небесно и уживањето во прекрасниот и среќен вечен живот.

„Во Домот На Мојот Отец Има Многу Места За Живеење"

Исус во Јован 14:2 вели, *„Во домот на Мојот Отец има многу места за живеење."* Срцето на Господа кој што сака секој да биде спасен, е внесено во овој стих. Впрочем, која е причината поради која Исус кажал „Во домот на мојот Отец," наместо да каже „Во царството небесно?" Сето тоа е така бидејќи Бог не сака „граѓани" туку „чеда" со кои што ќе може да ја споделува Неговата љубов засекогаш како нивниот Татко.

Небесата се управувани од Бога и се доволно големи за во нив да се сместат сите оние кои што се спасени преку верата. Исто така, тоа е едно толку убаво и совршено место што не може да се спореди со овој свет. Во кралството небесно, чија што големина е незамислива, најубавото и најславното место е Новиот Ерусалим, каде што е сместен и престолот Божји. Исто како да се работи за Сината Куќа во Сеул, главниот град на Кореја и Белата Куќа во Вашингтон, главниот град на Соединетите Држави, каде што живее претседателот на секоја од споменативе земји, во Новиот Ерусалим се наоѓа Престолот на Бога.

Тогаш каде ли се наоѓа Новиот Ерусалим? Тој се наоѓа во центарот на небесата и го претставува местото каде што луѓето со верата, кои што му угодиле на Бога, ќе живеат засекогаш. Спротивно на ова, најодалечените делови на небесата ја претставуваат периферијата на Рајот. Исто како што криминалецот од едната страна на Исуса кој што го прифатил Исуса Христа и бил спасен, оние кои што само го прифатиле Исуса Христа а не направиле ништо за кралството Божјо, ќе престојуваат таму.

Небесата Се Доделуваат Според Мерката На Верата

Зошто Бог има, за Неговите чеда, подготвено толку многу места за живеење на небесата? Бог е праведен и дозволува да го пожнеете тоа што сте го посадиле (Галатјаните 6:7), и го наградува секој човек во согласност со тоа што го има направено (Матеј 16:27; Откровение 2:23). Затоа Тој ги подготвил местата за живеење според мерката на верата.

Римјаните 12:3 наведува, *„Зашто, преку благодатта, што ми е мене дадена, на секого од вас му кажувам да не мисли повеќе, отколку што треба да мисли; туку мислете скромно според делот на верата, што Бог на секого му го одмерил."*

Затоа треба да сфатите дека местата за живеење и славата на секој човек на небесата ќе се разликува според неговата мерка за вера.

Во зависност од степенот до кој што вие наликувате на срцето на Бога, ќе се одреди вашето место на живеење на небесата. Местото на живеење во вечниот рај ќе биде одредено според тоа колку многу вие, како духовна личност сте ги достигнале небесата во вашето срце.

На пример, да замислиме дека едно дете и еден возрасен се натпреваруваат во некој спорт или пак како тие разговараат помеѓу себе. Светот на децата и оној на возрасните е толку различен што децата набргу потоа ќе почнат да сметаат дека им е здодевно да бидат со возрасните. На децата, начинот на размислување, јазикот, и дејствата им се многу поразлични од оние на возрасните. Би им било забавно само кога децата би играле со други деца, младите со други млади, а возрасните со други возрасни.

Истото се случува и кај духовното. Бидејќи духот кај секој човек се разликува, Богот на љубовта и праведноста ги има издвоено местата за живеење на небесата во согласност со мерката на верата на Неговите чеда, за да можат тие да живеат што посреќно.

Господ Ќе Дојде Откако Ќе Ги Подготви Местата За Живеење На Небесата

Во Јован 14:3, Господ ни ветува дека Тој ќе се врати и ќе не одведе во царството небесно, откако ќе заврши со подготовката на местата за живеење на небесата.

Претпоставете си дека постои еден човек кој што ја примил милоста Божја и кој што добил многу награди на небесата, бидејќи бил верен. Но сепак тој се вратил кон патиштата на овој свет, отпаднал од спасението и завршил во пеколот. Многуте негови небесни награди тогаш ќе станат безвредни. Иако тој можеби нема да отиде во пеколот, неговите награди сепак ќе се претворат во ништо.

Доколку некој човек го разочара Бога преку тоа што нема да го испочитува Него, иако порано тој му бил верен, или ако се спушти за едно ниво во верата или пак ако остане на исто ниво во неговиот Христијански живот, а единствено би требало да има само напредок, тогаш неговите награди ќе исчезнат.

Сепак Господ ќе го запамети сето она што сте го сработиле и трудољубиво сте се труделе за кралството Божјо, така што сте му биле верни. Исто така, доколку го осветите вашето срце преку тоа што ќе го обрежете во Светиот Дух, тогаш вие ќе бидете заедно со Господа кога Тој ќе се врати и ќе бидете благословени со можноста да престојувате на местото што ќе сјае како сонцето на небесата. Бидејќи Господ сака сите чеда Божји да бидат совршени, Тој кажал, *„И кога* ќе отидам и ќе ви приготвам место, пак ќе дојдам, и ќе ве земам вас при Себе за да бидете и вие каде што сум јас." Исус сака да се исчистите себеси исто како што и Господ е чист, со држењето на пост за ова слово на надежта.

Кога Исус во потполност ја исполнил волјата Божја и силно го прославил Бога, тогаш Бог го прославил Исуса и му го дал новото име: „Кралот над кралевите, Господарот над господарите." На истиот начин, онолку колку што вие го славите Бога на овој свет, толку и Бог ќе ве поведе кон славата. До оној степен до кој што вие ќе наликувате на Бога и ќе бидете сакани од Бога, толку поблиску ќе живеете до Престолот на Бога на небесата.

Местата за живеење на небесата си ги очекуваат нивните господари, чедата Божји, исто како и што невестите се подготвени да си ги примат нивните младоженци. Затоа апостолот Јован пишува во Откровението 21:2, „*Тогаш го видов светиот град Новиот Ерусалим, како слегува од Бога, од небесата, стокмен како невестата која што е припремена за својот маж.*"

Дури и најдобрите служби на убавата невеста на овој свет не ќе можат да бидат споредени со удобноста и среќата во местата за живеење на небесата. Куќите на небесата ќе имаат сé и ќе обезбедуваат сé така што ќе им го читаат умот на господарите, така што тие ќе можат да го живеат животот најсреќно што е можно, засекогаш во вечноста.

Во Соломоновите изреки 17:3 е забележано, „*Топилницата е за среброто, печката е за златото а срцата се за ГОСПОД да ги испитува.*" Затоа се молам во името на Господа Исуса Христа да вие сватите дека Бог ги прочистува луѓето, за да ги направи Неговите вистински чеда, па затоа да се осветите себеси со надежта за Новиот Ерусалим и силно да напредувате кон најдобриот дел од небесата, така што ќе бидете верни во сиот Божји дом.

Глава 5

Како Ќе Живееме На Небесата?

1. Севкупниот Начин На Живеење На Небесата
2. Облеката На Небесата
3. Храната На Небесата
4. Транспортот На Небесата
5. Забавата На Небесата
6. Пофалните Служби, Образованието
   И Културата На Небесата

Има тела небесни и тела земни,
Но друг е сјајот на славата на небесните
а друг на земните.
Еден е сјајот на славата на сонцето,
А друг е сјајот на славата на месечината,
поинаков е сјајот на славата на ѕвездите;
па и ѕвезда од ѕвезда по сјајот се разликува.

- 1 Коринтјани 15:40-41 -

Среќата на небесата не може да биде спредена ниту со најдобрите и најпрекрасните нешта на оваа земја. Дури и ако уживате заедно со оние кои што ги љубите некаде на некоја плажа, со хоризонтот пред очите, тој вид на среќа ќе биде само моментален и невистинит. Во еден агол на вашиот ум сепак ќе постојат грижи за нештата со кои што ќе треба да се соочите откако ќе му се вратите на вашиот секојдневен живот. Доколку го повторувате ваквиот вид на живот во текот на еден месец или два, или пак во текот на една година, наскоро сето тоа ќе ви здодее и ќе почнете да барате нешто ново.

Сепак, животот на небесата, каде што сето е сјајно и прекасно како кристалот, ја претставува самата среќа бидејќи сè е ново, таинствено, радосно и среќно и сето тоа оди во континуитет. Вие можете да го поминувате прекрасното време заедно со Богот Отецот и со Господа, или пак ќе можете да уживате во вашето хоби, во вашите омилени игри и во сите други интересни нешта, онолку колку што ќе сакате. Да погледнеме малку како чедата Божји ќе живеат кога ќе отидат на небесата.

1. Севкупниот Начин На Живеење На Небесата

Вашето физичко тело што состои од духот, душата и телото, ќе се промени во духовно тело на небесата, така да ќе бидете во можност да ги препознаете вашата жена, сопругот, децата и родители кои што сте ги имале на оваа земја. Вие исто така ќе го препознаете и вашиот пастир или пак вашето стадо од оваа земја. Ќе паметите сѐ што било заборавено додека сте биле на оваа земја. Ќе бидете многу мудри бидејќи ќе можете да ја разликувате и да ја разберете волјата Божја.

Некој можеби ќе запраша, 'Дали сите мои гревови ќе бидат прикажани на небесата?' Тоа нема да се случи. Доколку веќе сте се покајале, Бог веќе нема да ги памети вашите гревови и тие ќе бидат далеку исто како што е далеку истокотот од западот (Псалм 103:12), туку само ќе ги памети вашите добри дела бид‚ејќи сите вашите гревови веќе ќе ви бидат простени кога ќе влезете на небесата.

Тогаш како ќе се измените и ќе живеете, кога ќе отидете на небесата?

Небесното Тело

Човечките суштества и животните од оваа земја си ја имаат своја сопствена форма, па така што секое живо суштество може да биде препознаено, без оглед дали се работи за слонот, лавот, орелот или пак за некое човечко суштество.

Исто како што постои телото со својата сопствена форма во овој тродимензионален свет, ќе постои едно уникатно тело и на небесата, што всушност се во четридимензионалниот свет. Ова ќе се нарекува небесно тело. На небесата ќе се препознавате едни со други преку ова небесно тело. Како тогаш ќе изгледа ова небесно тело?

Кога Господ ќе се врати во воздухот, секој од вас ќе

се смени во воскреснатото тело што ќе го претставува духовното тело. Ова воскреснато тело ќе се претвори во небесно тело, кое што ќе биде на едно повисоко ниво, и сето ова ќе се случи по Судниот Ден. Во согласност со наградите што ќе ги има една личност, светлината на славата што ќе сјае од ова небесно тело, исто така ќе се разликува.

Небесното тело ќе има коски и месо исто како и телото на Исуса по Неговото воскресение (Јован 20:27), но тоа ќе биде едно ново тело што ќе се состои од дух, душа и нераспадливо тело. Нашето распадливо тело ќе се измени во едно ново нераспадливо тело преку словото и силата Божја.

Небесното тело ќе се состои од вечните нераспадливи коски и месо што ќе сјаат, бидејќи тие ќе бидат осветени и чисти. Ако на некому му недостасува рака или нога, или пак се работи за некаков инвалид, небесното тело ќе му се формира како едно совршено тело.

Небесното тело нема да биде привидно, нешто како сенка, туку ќе ја има јасната форма и нема да им биде подложно на законитостите на времето и на просторот. Затоа кога Исус се појавил пред учениците по Неговото воскресение, Тој можел слободно да поминува низ ѕидовите (Јован 20:26).

Телото од оваа земја ќе има брчки и ќе изгледа грубо кога ќе остари, но небесното тело ќе биде пресоздадено во еден вид на нераспадливо тело, така што секогаш ќе си ја зачува младоста и ќе сјае како сонцето.

Возраста Од Триесет И Три Години

Многу луѓе се прашуваат дали небесното тело ќе биде

големо како кај возрасниот човек или пак мало како кај детето. На небесата секој, без оглед дали умрел млад или стар, вечно ќе биде на возраста од триесет и три години, возраста која што ја имал Исус, кога бил распнат.

Зошто Бог ви овозможува да живеете вечно на возраста од триесет и три години, кога ќе бидете на небесата? Исто како што сонцето најсилно свети на пладне, на возраста од триесет и три години е врвот во животот на поединецот.

Оние кои што се помлади од триесет можат да бидат донекаде неискусни и незрели, а оние пак кои што се над четириесет почнуваат да ја губат нивната енергија. Сепак на возраста од триесет и три години, луѓето се доволно зрели и убави во секој поглед. Најголем дел од нив тогаш стапуваат во брак, раѓаат и одгледуваат деца, па така да тие можат да го разберат, до некој одреден степен срцето на Бога кој што ги култивира човечките суштества на оваа земја.

Затоа Бог ве менува во вечното небесно тело на небесата, за да можете да ја зачувате младоста што сте ја имале на триесет и три години, најубавата возраст на човечките суштества.

Нема Да Постои Биолошката Поврзаност

Доколку засекогаш живеете на небесата задржувајќи го физичкиот изглед од времето кога сте го напуштиле овој свет, колку ли чудно би било сето тоа? Да кажеме дека еден човек умрел на возраст од четириесет години и отишол на небесата. Неговиот син потоа отишол на небесат на возраст од педесет години, а неговиот внук пак умрел на возраста од деведесет години и и тој отишол на небесата. Кога сите тие би се сретнале на небесата, внукот тогаш би бил најстар, а дедото најмлад по изглед.

Затоа на небесата каде што Бог владее преку Неговата праведност и љубов, секој ќе биде на триесет и три годишна возраст и биолошката или физичката поврзаност од оваа земја нема да важат.

На небесата никој нема на никого да му се обраќа со 'татко,' 'мајко,' 'сине,' или пак со 'ќерко,' иако можеби тие биле родители или деца кога биле на оваа земја. Сето ова е така бидејќи секој ќе им биде брат или сестра на другите, бидејќи ќе биде чедото Божјо. Поради тоа што сепак ќе знаат дека ги имале односите на родителите и децата кога биле тука на земјата и ќе знаат дека многу се сакале едни со други, тогаш ќе можат да почувствуваат една посебна љубов едни кон други.

Што ако пак мајката отиде во Второто Небесно Кралство, а нејзиниот син во Новиот Ерусалим? На оваа земја, секако, синот треба да си ја почитува мајка си. На небесата пак, мајката ќе му се поклони на нејзиниот син, бидејќи тој повеќе ќе наликува на Бога Отецот и светлината штоќе излегува од неговото небесно тело ќе биде многу појасна отколку нејзината.

Затоа, вие нема да им се обраќате на другите користејќи ги имињата и титулите што сте ги користеле тука на оваа земја, туку Богот Отецот ќе ви даде нови, соодветни имиња што ќе го имаат духовното значење. Дури и на оваа земја, Бог му го сменил името на Аврам во Авраам, на Сари во Сара, а на Јаков во Израил – што значи дека таа личност се борела со Бога и го надвладеала.

Разликите Помеѓу Мажите и Жените На Небесата

На небесата нема да постои бракот но сепак ќе има јасна дистинкција помеѓу мажите и жените. Како прво, мажите ќе бидат високи околу метар и осумдесет сантиметри а жените пак ќе бидат околку дваесетина сантиметри пониски.

Тука на земјата некои луѓе многу се грижат поради нивната висина, бидејќи се прениски или превисоки, но на небесата ќе нема потреба за таквата грижа. Вие нема да имате потреба ниту да се грижите за тежината, бидејќи секој ќе си ја има најсоодветната тежина и најубавиот изглед.

Небесното тело ќе изгледа како воопшто да нема тежина иако ќе има тежина, па така да дури и ако некој чекори по цвеќињата, тие нема да се сплескаат ниту пак да се згмечат. Небесното тело ќе нема тежина, но нема да биде нешто што ќе може да биде одвеано од ветровите, бидејќи ќе биде многу стабилно. Да се има тежината иако истата нема да можете да ја почувствувате, значи дека телото ќе си ја има формата и појавата. Тоа е нешто како кога ќе подигнете еден лист хартија. Тогаш вие не ја чувствувате тежината, но сепак знаете дека листот си ја има својата тежина.

Косата ќе биде руса и малку виткана. Косата на мажите ќе им завршува некаде околу вратот, но должината на женската коса ќе се разликува од една личност до друга. Да се има подолгата коса за жената ќе значи дека таа ги примила поголемите награди, а најдолгата коса ќе се спушта сé до струкот. Затоа особена слава и гордост ќе биде за жените да ја имаат што подолгата коса. (1 Коринтјани 11:15).

На оваа земја, многу од жените се трудат и настојуваат да имаат што побела и помека кожа. Тие употребуваат некои козметички производи за да ја зачуваат кожата мазна и мека и да биде без никакви брчки. На небесата секој ќе ја има совршената кожа што ќе биде толку бела, јасна и чиста и ќе свети со светлината на славата.

Видејќи на небесата не постои злото, нема да има потреба да се става шминка ниту пак да постојат грижи за надворешниот изглед, бидејќи таму сè изгледа убаво. Светлината на славата што ќе доаѓа од небесното тело ќе сјае светло, сјасно и силно во согласност со степенот до кој што една личност станала целосно осветена и наликува на срцето на Господа. На истиот начин ќе биде одреден и одржуван редот на небесата.

Срцето На Небесните Луѓе

Луѓето со небесото тело ќе го имаат срцето на самиот дух, кое што е во божествената природа и воопшто не го содржи злото. Исто како што луѓето сакаат да го имаат и да допрат сето она што е добро и убаво, тука на оваа земја, дури и срцето на луѓето со небесното тело ќе сака да ја почувствува убавината на другите, и со уживање да ги погледне и да ги допре. Сепак воопшто нема да постои алчноста ниту зависта.

Исто така луѓето на оваа земја, се менуваат според нивната сопствена корист и се чувствуваат изморени од нештата, дури и ако се работи за некои убави и добри нешта.

Срцето на луѓето со небесното тело нема да содржи некаква двосмисленост и затоа никогаш нема да се менува.

На пример, луѓето на оваа земја, доколку се сиромашни, можат со голем апетит да изедат дури и евтина храна, со слаб квалитет. Доколку станат малку побогати, тие веќе не се задоволуваат со тоа што претходно им било вкусно и постојано се во потрага по подобрата храна. Доколку купите некоја нова играчка за децата, тие ќе бидат многу среќни на почетокот, но по неколку дена веќе ќе чувствуваат одбивност кон истата и ќе бараат нова. На небесата, сепак, нема да има такво размислување, така што доколку еднаш ќе засакате едно нешто, ќе го сакате тоа засекогаш.

2. Облеката На Небесата

Некој може да помисли дека облеката на небесата ќе биде иста кај сите, но тоа нема да биде така. Бог е Создателот и Праведниот Судија кој што возвраќа според она што сте го направиле. Затоа исто како што наградите на небесата ќе бидат различни, и облеката исто така ќе биде различна, во согласност со делата кои што ќе бидат направени на оваа земја (Откровение 22:12). Тогаш каква облека ќе имате на себе и како ќе ја украсувате истата на небесата?

Небесната Облека Со Различната Боја И Изглед

На небесата, секој во основа ќе носи светли, бели и сјајни облеки. Тие ќе бидат меки како свилата и ќе бидат толку могу лесни како воопшто да немаат тежина и ќе бидат прекрасно лелеави.

Бидејќи степенот до кој што некоја личност е осветена е различен, светлината што ќе излегува од облеките и нејзиниот сјај исто така ќе бидат различни. Колку што повеќе личноста наликува на светото срце Божјо, толку појасно и посовршено ќе сјае неговата облека.

Исто така во зависност од тоа колку многу сте сработиле за кралството Божјо и сте го славеле Бога, различните видови на облеки со многу различни дизајни и материјали, во согласност со тоа ќе ви бидат доделени.

На оваа земја луѓето носат различни видови на облека во зависност со нивниот социјален и економски статус. На небесата исто така ќе носите облеки, кои што ќе бидат поразнобојни и поразлични, во зависност со тоа на кое ниво сте влегле. Исто така, фризурите и додатоците ќе бидат различни.

Во старо време луѓето го препознавале социјалниот статус на соговорникот, само преку тоа што ќе погледнеле на бојата на неговата облека. На истиот начин, небесните луѓе ќе можат да го препознаат статусот и количеството на наградите што му биле доделени на некого на небесата. Носењето на облеките со одредени бои и изглед различен од другите ќе значи дека таа личност ја примила поголемата слава.

Затоа оние кои што ќе влезат во Новиот Ерусалим, или пак оние кои што најмногу придонеле за кралството Божјо, ќе ги добијат најубавите, најразнобојните и најсјаните облеки на небесата.

Доколку не сте направиле многу за кралството Божјо, ќе добиете само неколку облеки на небесата. Ако пак сте работеле многу со верата и љубовта за кралството небесно, ќе можете да добиете и безброј облеки во многу различни бои и со различна намена.

Небесните Облеки Со Различните Украси

Бог ќе ви даде облеки со различни украси за да можете да ја покажете славата. Исто како што кралското семејство во минатото го прикажувало својот статус преку тоа што на себе ставале некои посебни обележја на нивните облеки, облеките на небесата ќе бидат различни обележја ќе го покажуваат небесното место и славата на поединецот.

Постојат обележјата на благодарноста, пофалбата, молитвата, радоста, славата итн., што ќе можат да се пришиваат на облеките, на небесата. Кога ги пеете пофалните песни кога сте тука во овој живот, со благодарниот ум за љубовта и милоста на Богот Отецот и на Господа, или пак кога пеете за да го славите Бога, Тој тогаш го прима вашето срце како една прекрасна арома и ги става обележјата за пофалбата на вашите облеки на небесата.

Ордените на радоста и благодарноста ќе им бидат убаво наместени на луѓето кои што во нивните срца биле навистина радосни и благодарни преку паметењето на милоста на Бога Отецот, кој што ни го дава вечниот живот и кралството небесно, дури и за време на страдања и искушенија тука на земјата.

Орденот на молитвата ќе им биде закачен на оние кои што

целиот живот се молеле за кралството Божјо. Помеѓу сите овие, сепак најубавиот орден ќе биде орденот на славата. Тој ќе биде најтешко да се добие. Тој единствено ќе им се дава на оние кои што сториле сé што е можно за славата Божја, од длабочината на нивните вистинољубиви срца. Исто како што кралот или претседателот му доделуваат посебен медал или некои почесни медали на еден војник, за особените заслуги во службата, овој орден на славата особено ќе им се дава на оние кои што трудољубиво работеле за кралството Божјо и му ја оддале големата слава на Бога. Затоа оној кој што на себе ќе ја носи облеката со орденот на славата ќе биде еден од најблагородните од сите луѓе во кралството небесно.

Наградите Во Круни И Скапоцености

Постојат безброј многу скапоцени камења на небесата. Некои од скапоцените камења ќе се даваат како награди и ќе се ставаат на облеките. Во Откровението можете да прочитате дека Господ ја носи златната круна и појасот околу Неговите гради, а тука му се исто така и наградите кои што му биле дадени од Бога.

Библијата споменува многу видови на круни. Стандардите за добивање на круните и вредностите на круните се различни, бидејќи се даваат како награди.

Има многу видови на круни кои што ќе бидат доделени во зависност од делата на поединецот, како што ќе бидат, трајната круна што им се дава на оние кои што се натпревурувале во некои спортови (1 Коринтјани 9:25), круната на славата што ќе им се дава на оние кои што многу го славеле Бога (1 Петар 5:4), круната на животот што ќе им се дава на оние кои што биле верни до точката на смрт (Јаков 1:12; Откровение 2:10), златната круна што ќе ја носат 24-те старци кои што ќе седат околку Престолот на Бога (Откровение 4:4, 14:14), и круната на праведноста за која што копнеел апостолот Павле (2 Тимотеј 4:8).

Исто така, ќе има и круни со различни форми кои што ќе бидат украсени со скапоцени камења, како и круни кои што ќе бидат украсени со злато, па круната на цветовите, круната на бисерите, итн. Според видот на круната што поединецот ја добил, вие ќе можете да ја согледате неговата светост и наградите кои што ги добил.

Тука на земјата секој може да си купи скапоцени камења доколку има пари, но на небесата ќе можете да имате скапоцени камења единствено ако ви се дадени како награда за вашиот труд. Факторите како што се, бројот на луѓето што сте ги повеле кон спасението, количеството на прилозите што сте ги издвојувале со искрено срце и степенот на вашата верност ќе ги одредуваат различните видови на награди што ќе ви се доделат. Затоа скапоцените камења и круните ќе мора да бидат различни, бидејќи ќе се даваат во согласност со делата на поединецот. Сјајноста, убавината, совршеноста и бројот на скапоцените камења и круни исто така се разликуваат.

Исто ќе биде и со местата за живеење и куќите на небесата. Местата за живеење ќе се разликуваат според верата на поединецот; големината, убавината, сјајот на златото и другите скапоцени камења за приватните куќи исто така ќе се разликуваат. Вие поблиску ќе можете да ги согледате овие нешта во врска со местата за живеење на небесата, од главата 6 па натаму.

3. Храната На Небесата

Кога првите луѓе Адам и Ева живееле во градината Едемска, тие јаделе само плодови и семкасти растенија (Битие 1:29). Сепак кога Адам поради неговото непочитување бил истеран од Градината Едемска, тие тогаш почнале да ги јадат полските растенија. По големиот потоп, на луѓето им било дозволено да јадат месо. На тој начин, како што човекот станувал сѐ позлобен, така и видот на храната се менувал во согласност со тоа, исто така.

Што тогаш ќе јадете на небесата, каде што воопшто не постои злото? Некои можби се прашуваат дали небесното тело исто така има потреба за храна. На небесата вие ќе можете да пиете од Водата на Животот и да јадете или да мирисате многу видови на овошја, за да се исполните со радоста.

Дишењето На Небесното Тело

Како што човечкиот вид дише тука на земјата, небеските тела ќе дишат на небесата. Се разбира, небесното тело не мора воопшто да дише, но затоа пак тоа ќе може да се одмори преку дишењето на тој начин што ќе дише како што се дише на оваа земја. Така да тоа ќе може да дише не само преку носот и устата, туку исто така ќе може да дише и со очите или пак преку сите клетки на телото, па дури и со срцето.

Бог ги вдишува аромите на нашите срца бидејќи Тој е Дух. Тој бил задоволен со жртвите на праведните луѓе и го вдишувал слаткиот мирис од нивните срца, во времето на Стариот Завет (Битие 8:21). Во Новиот Завет, Исус кој што е чист и безгрешен, се жртвувал Себеси поради нас, како прилог и жртвата понудена кон Бога, со мирисната арома (Ефесјани 5:2).

Затоа Бог ја прима аромата од вашето срце кога вие го обожувате, се молите или пак пеете песни пофалници, со вашето искрено срце. Онолку колку што ќе наликувате на Бога и ќе станувате се поправеден, толку ќе можете да ја ширите и аромата на Христа, а за возврат тие ќе бидат примени од Бога како еден скапоцен прилог кон Него. Бог тогаш со задоволство ќе ги прими вашите пофални песни и молитви, преку дишењето.

Во Матеј 26:29, вие можете да видите дека Господ се моли за нас уште од моментот кога се воздигнал на небесата, без да јаде во изминатите две илјадалетија. Исто така, на небесата, небесното тело ќе може да живее и без да јаде или да дише. Вие ќе живеете засекогаш кога ќе отидете на небесата бидејќи ќе се промените во духовното тело што никогаш нема да исчезне.

Кога небесното тело ќе дише тогаш ќе може да почувствува поголема радост и среќа, а и духот ќе стане многу поподмладен и освежен. Исто како што луѓето го одредуваат начинот на својата исхрана за да го одржат своето здравје, исто така и небесното тело ќе ужива во вдишувањето на мирисните ароми на небесата.

Така да кога многуте видови на цвеќиња и овошје ќе ја оддаваат нивната арома, небесното тело ќе ја вдишува таа арома. Иако цвеќињата одново и одново ќе ја оддаваат истата арома, телото секогаш ќе се чувствува среќно и задоволно.

Кога небесното тело ќе ја прими убавата арома на цвеќињата и овошјата, аромата тогаш ќе навлезе во телото како еден вид на парфем. Телото ќе ја оддава истата арома се додека таа потполно не исчезне од него. Како што тука се чувствувате добро кога ќе ставите парфем, небесното тело ќе се чувствува посреќно кога ќе го оддава мирисот, поради убавата арома што ќе се чувствува.

Разложувањето Преку Дишењето

Како ли тогаш, луѓето ќе јадат и ќе продолжуваат со своите животи на небесата? Во Библијата можете да видите дека Господ им се појавил на Неговите ученици по Неговото Воскресение, и дека дишел (Јован 20:22) и дека се хранел (Јован 21:12-15). Причината зошто воскреснатиот Господ внесувал храна не била бидејќи Тој чувствувал глад, туку за да ја сподели радоста со учениците и да ви пренесе и вам дека и вие исто така ќе јадете на небесата како небесните тела. Затоа Библијата забележала дека Исус Христос изел малку леб и риба за појадок, по Неговото воскресение.

Тогаш зошто Библијата би ви кажувала дека Господ дишел дури и откако воскреснал? Кога ќе се храните на небесата храната веднаш ќе се распаѓа и ќе се разложува преку дишењето. На тој начин таа ќе се ослободува преку дишењето. Така да нема да има потреба од исфрлањето на отпадот, ниту пак од тоалетите. Колку ли ќе биде пријатно и чудесно што внесената храна ќе се ослободува од телото преку дишењето, како еден вид на арома и така ќе се разложува!

4. Транспортот На Небесата

Низ историјата на човештвото, како што цивилизацијата и науката напредувале, се измислувале се побрзи и поудобни средства за транспорт, како што биле кочиите, вагоните, автомобилите, бродовите, возовите, авионите итн.

Ќе постојат многу видови на транспорт на небесата, исто така. Ќе постои јавен транспортен систем кој што ќе биде нешто како воз на небесата и некои приватни средства за транспорт, како што се облак автомобилите и златните кочии.

На небесата, небесното тело ќе може да се движи многу брзо, па дури понекогаш и да лета бидејќи ќе минува низ просторот и времето, но ќе биде многу позабавно и порадосно да се користи транспортот што ќе ви биде даден како награда.

Патувањето И Транспортот На Небесата

Колку ли среќни и радосни би биле доколку би можеле да патувате гледајќи насекаде низ небесата, гледајќи ги сите прекрасни и чудесни нешта што Бог ги има создадено!

Секој агол од небесата си ја има својата уникатна убавина,

па така да ќе можете да уживате во секој дел од него. Сепак бидејќи срцето на небесното тело никогаш нема да се менува, тоа никогаш нема да се почувствува здодевно или пак да се замори, и повторно ќе сака да го посети истото место. Така да патувањето на небесата секогаш ќе ви претставува големо задоволство и нешто што е интересно да се прави.

На небесното тело навистина не му е потребен некаков вид на транспорт, бидејќи никогаш нема да се истошти а ќе може дури и да лета. Сепак користењето на различните превозни средства ќе направи да ви биде дури и попријатно. Тоа ќе биде нешто како кога возењето со автобус ви е малку покомотно од пешачењето, а возењето во такси или возењето во автомобил ви е малку попријатно отколку да се возите со автобус, или пак да одите со подземната железница, тука на оваа земја.

Така да доколку се возите со возот на небесата кои што се украсени со многуте разнобојни скапоцени камења, вие ќе можете да одите до вашето одредиште дури и без некоја железничка пруга а возот ќе може да се движи слободно кон десно и кон лево, па дури и нагоре и надолу.

Кога луѓето од Рајот ќе сакаат да отидат до Новиот Ерусалим, тие ќе се возат со небесниот воз, бидејќи двете места ќе бидат поприлично оддалечени едно од друго. Ова патување ќе претставува едно големо восхитување за патниците. Летајќи низ сјајните светла, тие ќе можат да ги видат убавите глетки на небесата, преку прозорците. Ќе бидат уште посреќнни поради помислата дека ќе се видат со Богот Отецот.

Помеѓу превозните средства на небесата ќе има и златни

кочии со кои што ќе управуваат посебни личности назначени од Новиот Ерусалим, кога таа ќе оди низ небесата. Кочијата ќе има бели крилја а внатре ќе се наоѓа едно копче. Преку тоа копче таа ќе може да се движи потполно автоматизирано, да вози по површината, или пак да лета, сè според желбите на сопственикот.

Облак Автомобил

Облаците на небесата се како украсите што и се додаваат на убавината на небесата. Така да кога небесното тело ќе оди на местата со облаците околу него, телото ќе сјае уште повеќе отколку да се движи без облаците. Тие исто така ќе можат да направат да другите ја почувствуваат и да ја одразат големината, славата и авторитетот на духовното тело обвиткано во облаците.

Библијата ни кажува дека Господ ќе дојде со облаците (1 Солуњани 4:16-17), и сет тоа е така бидејќи доаѓањето со облаците на славата е повеличествено, повозвишено и поубаво, отколку да дојде во воздухот, без ништо. На истиот начин, облаците на небесата постојат за да ја дополнат славата на чедата Божји.

Доколку сте квалификувани да влезете во Новиот Ерусалим, ќе можете да поседувате повеќе од чудесените облак автомобили. Тоа нема да биде некаков облак кој што ќе биде создаден од пареата како што тоа се случува тука на оваа земја, туку ќе биде создаден од облакот на славата на небесата.

Облакот автомобил ќе ја покажува славата, возвишеноста и авторитетот на сопственикот. Сепак нема да може секој да поседува облак автомобил, бидејќи тој ќе им се дава само на оние кои што се квалификувани да влезат во Новиот Ерусалим, така што ќе бидат потполно осветени и верни во целиот Божји дом.

Оние кои што ќе влезат во Новиот Ерусалим ќе можат да одат насекаде заедно со Господа, возејќи се со овој облак автомобил. Во текот на возењето, небесните сили и ангелите ќе ги придружуваат и им служат. Тоа е нешто слично на тоа кога многуте министри му служат на кралот или пак кога принцот е на пат. Затоа придружувањето и служењето на небесните сили и на ангелите, дополнително ќе го прикажува авторитетот и славата на сопственикот.

Облак автомобилите обично ќе ги возат ангели. Тие ќе бидат едноседи за лична употреба, или пак може да бидат и возила со повеќе седишта во кои што ќе можат многу луѓе заедно да се возат. Кога личноста која што ќе биде во Новиот Ерусалим ќе игра голф и ќе се движи по полето, облак автомобилот ќе дојде и ќе застане непосредно до сопственикот. Кога ќе влезе во автомобилот, возилото многу нежно ќе се приближи до топката, за момент.

Замислете си дека летате на небото, возејќи се во облак автомобилот со придружбата од небесните сили и ангелите во Новиот Ерусалим. Исто така замислете си дека се возите во облак автомобилот заедно со Господа, или пак дека патувате по големите пространства на небесата со небесниот воз, заедно со оние што ги сакате. Вие најверојано ќе бидете обземени со радост.

5. Забавата На Небесата

Некои може да си помислат дека не е многу забавно да се живее како небесно тело, но тоа не е навистина така. Вие можете да се изморите од некаква забава тука на земјата или пак не можете во потполност да бидете задоволени, но во духовниот свет, "забавата" секогаш ќе биде нова и освежувачка.

Така да дури и на овој свет, колку што повеќе го достигнете целиот дух, ќе доживеете толку подлабока љубов и ќе бидете посреќни. На небесата ќе можете да уживате не само во вашите хобија туку и во многу видови на забава, а и ќе биде неспоредливо многу поубаво отколку која и да е друга форма на забава која што е од оваа земја.

Уживањето Во Хобијата И Во Игрите

Исто како што луѓето на оваа земја ги развиваат своите таленти и си ги прават своите животи посодржински преку нивните хобија, исто така ќе можете да ги практикувате хобијата и на небесата. Вие ќе можете да се занимавате не само со она во што сте уживале тука на оваа земја, туку и во нештата во кои што не сте успеале да уживате, а сето тоа било со цел да си ги извршите делата Божји. Вие исто така ќе можете да учите и некои нови нешта.

Оние кои што се заинтересирани за музичките инструменти, ќе можат да го прославуваат Бога свирејќи на харфата. Или пак ќе можете да научите да свирите пијано, флејта и многу други инструменти, а истите ќе можете да ги научите многу бргу бидејќи луѓето стануваат многу помудри кога ќе отидат на небесата.

Исто така ќе можете да комуницирате и со природата и со небесните животни, што ќе биде дополнение на вашето задоволство. Дури и растенијата и животните ќе ги препознаваат чедата Божји, ќе ги поздравуваат и ќе ја изразуваат својата љубов и почит кон нив.

Исто така ќе можете да уживате во многуте спортови како што се тенисот, кошарката, куглањето, голфот и летање со параглајдер, но не во некои спортски натпреварувања како што се боренјето или пак боксот што ќе можат да ги повредат другите луѓе. Капацитетите и опремата нема да бидат воопшто опасни. Тие ќе бидат направени од прекрасни материјали и ќе бидат украсени со злато и скапоцени камења, за да предизвикаат уште поголема среќа и задоволство при занимавањето со спортот.

Спортската опрема ќе ги препознава срцата на луѓето и ќе им пружа поголемо задоволство. На пример, доколку уживате во куглањето, куглата или кеглите ќе ја менуваат бојата и ќе се прилагодуваат по местото и оддалеченоста онака како што вие сакате. Кеглите ќе паѓаат предизвикувајќи убави светла и весели звуци. Доколку сакате да бидете поразени од вашиот партнер, кеглите ќе се движат според вашата желба за да ве усреќат.

На небесата нема зло што ќе ве тера да победите или да поразите некој друг. Кога ќе победувате само ќе почуствувате поголемо задоволство. Некои може да се посомневаат во значењето на играта во која што ќе нема ниту победник ниту поразен, но на небесата вие нема да се стекнувате со задоволство така што ќе го победите некого. Играњето на самата игра ќе ви претставува задоволство.

Секако дека ќе има и некои игри со кои што ќе добивате задоволство преку доброто и фер натпреварување. На пример, има игра во која што ќе победувате според тоа колку многу арома ќе успеете да вдишете од цвеќињата или пак колку добро нив ќе ги комбинирате и го оддавате најдобриот мирис и некои игри слични на нив.

Различните Видови На Забава

Некои од оние кои што ги сакаат игрите прашуваат дали постојат аркадните игри на небесата. Секако дека таму постојат многу игри што се порадосни отколку овие на земјата.

Игрите на небесата, за разлика од оние на оваа земја, никогаш нема да ве изморат ниту пак да го влошат вашиот вид. Со таквите игри никогаш нема да ви биде досадно. Наместо тоа тие ќе прават да изгледате подмладено и смирено по нивното играњето. Кога ќе победите или ќе го добиете најдобриот резултат, ќе почувствувате едно врвно задоволство и никогаш нема да ја загубите заинтересираноста за играта.

Луѓето на небесата се со небесните тела, па така да тие никогаш нема да се чувствуваат уплашено поради тоа дека можеби ќе паднат при возењето во забавните паркови, како на пример, на лудата железница. Тие единствено ќе ја чувствуваат возбудата и задоволството од играта. Па дури и оние кои што да кажеме имаат акрофобија на оваа земја, ќе можат да уживаат во овие нешта на небесата, онолку колку што ќе посакаат.

Дури и да се случи да паднете од лудата железница, вие нема да се повредите бидејќи ќе бидете небесно тело. Вие ќе можете да се приземјите многу безбедно како што тоа го прави учителот на некои боречки вештини или пак самите ангели ќе ве заштитат. Па замислете како ќе се возите на лудата железница, врискајќи заедно со Господа и со сите што ги сакате. Колку ли среќно и извонредно би било тоа!

6. Пофалните Служби, Образованието И Културата На Небесата

На небесата ќе нема потреба да работите за храната, облеката и за режиските трошоци. Па затоа некој може да се запраша, „Што тогаш ќе правиме во вечноста? Нема ли да станеме беспомошни од безделничењето?" Нема потреба од такви грижи.

На небесата ќе има многу нешта во кои што ќе можете да уживате. Ќе постојат многу интересни и возбудливи активности и случувања, како што се игрите образованието, пофалните служби, забавите, фестивалите, патувањата и спортовите.

Од вас нема да се бара, ниту пак некој ќе ве присилува, да учествувате во овие активности. Секој ќе прави сé на доброволна база и тоа ќе го прави со радост бидејќи сето што ќе го правите ќе ви дава многу среќа.

Обожувачката Служба Исполнета Со Радост Пред Богот Создателот

Исто како што присуствувате на богослужбите и го обожувате Бога, во некое определено време тука на оваа земја, вие ќе го обожувате Бога во некое одредено време исто така и на небесата. Се разбира Бог ќе ги проповеда пораките и преку Неговите пораки ќе можете да научите многу за потеклото на Бога и за духовното кралство што го нема ниту почетокот ниту крајот.

Оние кои што се напредни во нивните студии, нестрпливо ги очекуваат часовите и сакаат да го видат наставникот. Дури и во животот со верата оние кои што го љубат Бога и го обожуваат во духот и навистина нестрпливо ги очекуваат различните обожувачки служби, како и тоа да го слушнат гласот на пастирот што ќе им го проповеда словото на животот.

Кога ќе отидете на небесата ќе ја поседувате радоста и среќата на обожувањето на Бога и нестрпливо ќе очекувате да го слушнете словото Божјо. Ќе можете да го слушнете словото Божјо преку службите, но ќе постојат и моменти кога ќе можете да разговарате со Бога или пак да го слушнете словото на Господа. Исто така ќе има време и за молитви. Сепак вие нема да клечите ниту пак да се молите со затворени очи, како што тоа го правите тука на оваа земја. Тоа ќе биде времето одредено за да разговарате со Бога. Молитвите во рајот ќе бидат еден вид разговори со Бога Отецот, со Господа и со Светиот Дух. Колку ли среќни и исполнети ќе ви бидат тие моменти!

Вие исто така ќе можете да го славите Бога како што го правите тоа и на оваа земја. Сепак тоа нема да се случува на ниту еден јазик кој што е од овој свет, туку вие ќе го славите Бога преку некои нови песни. Оние кои што заедно поминале низ искушенија или пак членовите на една иста црква на оваа земја ќе се собираат заедно со нивниот пастир за да ги одржат обожувачките служби кон Бога и за да можат да имаат време за дружење.

Тогаш како ли луѓето ќе ги држат пофални служби на небесата, особено кога нивните места на живеење ќе бидат на различните места низ небесата? На небесата, светлината на небеските тела ќе се разликува во согласност со местото на живеењето, па така да луѓето ќе мораат да позајмат некои соодветни облеки, за да можат да отидат на некои други места од повисоките нивоа. Затоа да се присуствува на богослужбите што ќе се одржуваат во Новиот Ерусалим, кој шшто ќе биде покриен со светлината на славата, сите луѓе кои што ќе бидат од другите места на живеење ќе мораат да си позајмат некои соодветни облеки за таа прилика.

Впрочем исто како што можете да присуствувате и да ја следите истата служба преку сателитите насекаде низ светот, во исто време, вие ќе можете да ги правите истите нешта и на небесата. Ќе можете да присуствувате и да ја следите службата што се одржува во Новиот Ерусалим, од сите други места на небесата преку екран, но екранот на небесата ќе биде толку природен што ќе чувствувате како лично да присуствувате на службата.

Исто така, вие ќе може да ги поканите прататковците на верата како што бил Мојсеј и апостолот Павле, и заедно да се молите. Сепак ќе морате да гп имате соодветниот духовен авторитет за да можете да ги поканите овие благородни фигури.

Учењето На Новите И Длабоки Духовни Тајни

Чедата Божји учат за многуте духовни нешта додека се култивираат на оваа земја, но она што ќе го научат тука претставува само еден чекор кој што им е потребен за да влезат на небесата. По влегувањето на небесата тие започнуваат да учат за новиот свет.

На пример кога оние кои што верувале во Исуса Христа ќе умрат, освен оние кои што ќе отидат во Новиот Ерусалим, ќе престојуваат во една област која што ќе се наоѓа на ивицата од рајот и таму ќе започнат да ги учат правилата на однесување и прописите кои што важат на небесата, од страна на ангелите.

Исто како што луѓето на оваа земја мораат да бидат образувани за да се прилагодат на општеството, вие ќе морате да бидете подучени во детали како да се однесувате, со цел да можете да живеете во новиот свет на духовното кралство.

Некои може да се запрашаат зошто ќе мораат да учат и на небесата кога веќе научиле многу нови нешта тука на оваа земја. Учењето на оваа земја е еден процес на духовна обука, а вистинското учење ќе започне само откако ќе влезете на небесата.

Учењето ќе нема крај бидејќи кралството Божјо е безгранично и тоа ќе трае во вечноста. Без оглед колку и многу да сме научиле, нема да можеме целосно да научиме за Бога кој што постоел уште пред сите векови. Никогаш нема да можете во потполност да ја дознаете длабочината на Бога кој што бил сéприсутен од секогаш, кој што го контролира целиот универзум и сите нешта во него и кој што ќе биде засекогаш во вечноста.

Затоа можете да согледате дека постојат некои безброј нешта за учење, доколку навлезете во бесконечното духовно кралство а духовното учење ќе ви биде многу поинтересно и позабавно, наспроти некои од учењата од овој свет.

Духовното учење никогаш нема да биде задолжително и нема да има некакво тестирање за тоа. Вие Никогаш нема да го заборавате тоа што сте научиле, па затоа нема никогаш да ви биде тешко или исцрпувачки да учите. Никогаш нема да ви биде здодевно ниту пак ќе безделничите кога ќе бидете на небесата. Вие едноставно ќе бидете пресреќни да учите за некои нои и извонредни нешта.

Забави, Банкети и Претстави

Постојат многу видови на забави и претстави на небесата. Овие забави се врвот на задоволството на небесата. Таму ќе уживате во прекрасните нешта и задоволства на гледањето на богатството, слободата, убавината и славата на небесата.

Исто како што луѓето на оваа земја се дотеруваат себеси најубаво што можат, за да отидат на некои престижни забави и исто така сакаат да јадат, пијат и да уживаат во најдобрите нешта, вие ќе можете да ги посетувате забавите со луѓето кои што себеси ќе се дотеруваат најдобро што можат. Забавите ќе бидат исполнети со некои убави танци, песни и со звуците на смеата од среќа.

Ќе постојат некои места слични на Карнеги Хол во Њујорк, или пак на Оперската Куќа во Сиднеј во Австралија, каде што ќе можете да уживате во различните претстави. Преставите на небесата нема да бидат поради тоа да некому му се оддаде значење, туку единствено за да се слави Бог, да се оддаде радоста и среќата кон Господа и истата да се сподели и со другите.

Учесниците воглавно ќе бидат оние кои што многу го прославувале Бога преку пофалните песни, танците, музичките инструменти и претставите, тука на оваа земја. Понекогаш овие луѓе ќе можат да ги изведуваат и истите музички дела што ги изведувале тука на оваа земја. Оние кои што сакале да ги изведат такви претстави тука на оваа земја но не можеле да го сторат тоа, во дадените околности, ќе можат да го слават Бога преку новите песни и новите танци на небесата.

Ќе постојат и кино сали во кои што ќе можете да гледате разни филмови. Во Првото или Второто Кралство, филмовите ќе се гледаат во јавните кино сали. Во Третото Кралство и во Новиот Ерусалим, секој од жителите ќе си има свое сопствено место за гледањето на филмови во рамките на својот дом. Луѓето ќе можат да ги гледаат филмовите сами или пак да ги поканат нивните сакани на филм, додека грицкаат нешто.

Во Библијата, апостолот Павле отишол на Третите

Небеса, но не можел да им ги открие нештата на другите (2 Коринтјани 12:4). Многу е тешко да им се објасни на луѓето за небесата бидејќи тоа не е свет кој што е познат или кој што луѓето можат лесно да го сватат. Наместо тоа постои голема шанса да луѓето погрешно ве разберат.

Небесата му припаѓаат на духовното кралство. Има толку многу нешта што вие не можете да ги разберете или замислите а постојат на небесата, каде што ја има исполнетоста со среќата и радоста, што вие никогаш нема да можете да ја доживеете тука на оваа земја.

Бог ни подготвил едни толку убави небеса за да можеме да живееме во него и Тој преку Библијата, не охрабрува да се стекнеме со вистинските квалификации за да влеземе на небесата,.

Затоа се молам во името на Господа да вие го примите Господа со радоста и со вистинските квалификации што ќе ви се потребни и да бидете подготвени како Неговите прекрасна невести, кога Тој повторно ќе ни се врати.

Глава 6

Рај

1. Убавината И Среќата На Рајот
2. Каков Вид На Луѓе Одат Во Рајот?

> *И [Исус] му кажа*
> *„Вистина ти велам,*
> *денеска ќе бидеш,*
> *со Мене во Рајот."*
>
> - Лука 23:43 -

Сите оние луѓе кои што веруваат во Исуса Христа како во нивниот личен Спасител и сите оние чии што имиња се запишани во книгата на животот, ќе бидат во можност да уживаат во вечниот живот на небесата. Јас веќе ви објаснив, дека постојат одредени чекори во растот на верата како и различните места за живеење, круните и наградите што ќе се даваат на небесата а кои што ќе бидат различни во зависност од мерката на верата кај луѓето.

Оние кои што повеќе ќе наликуваат на срцето Божјо ќе живеат поблиску до Божјиот Престол, или пак колку подалеку ќе бидат од Божјиот Престол, во толкава мерка помалку ќе наликуваат на срцето Божјо.

Рајот претставува место кое што ќе биде најодалеченото место од Престолот на Бога, што ќе ја има најмалата светлина на славата Божја и ќе биде најниското ниво на небесата. Сепак тоа ќе биде неспоредливо поубаво место од оваа земја, дури и поубаво отколку Градината Едемска.

Тогаш какво ли место претставува Рајот и каков вид на луѓе ќе отидат таму?

1. Убавината И Среќата На Рајот

Областа што е на ивицата на Рајот ќе се користи како предворје сè до Судниот Ден на Белиот Престол (Откровение 20:11-12). Освен за оние кои што веќе отишле во Новиот Ерусалим откако го достигнале срцето Божјо и ќе помагаат со делата Божји, сите други спасени од почетокот ќе чекаат во областите на крајот од Рајот.

Па така да вие можете да согледате колку е голем Рајот така што неговите гранични области ќе се користат како предворје, за толку многу луѓе. Иако сите овие гранични области на рајот се најниското ниво на небесата, тие сепак ќе бидат неспоредливо поубави и посреќни мести отколку оваа земја која што е местото проколнато од Бога.

Понатаму бидејќи тоа е местото каде што ќе влезат оние кои што биле култивирани на оваа земја, таму ќе има многу повеќе среќа и радост отколку во Градината Едемска каде што живеел првиот човек Адам.

Ајде сега да ја погледнеме убавината и среќата на Рајот што Бог ни го откри и ни овозможи да го осознаеме.

Широки Рамнини Полни Со Убави Животни И Растенија

Рајот е како широка рамнина и таму има многу добро уредени тревнати површини и прекрасни градини. Голем број на ангели ќе ги одржуваат и ќе се грижат за овие места. Песните на птиците ќе бидат толку многу јасни и чисти што ќе одзвонуваат низ целиот Рај. Тие ќе бидат налик на птиците од оваа земја, но ќе бидат малку поголеми и ќе имаат поубави пердуви. Нивните песни во групи ќе бидат многу прекрасни.

Дрвјата и цвеќињата во градините исто така ќе изгледаат многу свежо и прекрасно. Дрвјата и цвеќињата од оваа земја со минувањето на времето овенуваат но дрвјата и цвеќињата во рајот ќе бидат засекогаш зелени и никогаш нема да овенат. Кога луѓето ќе им пристапат цвеќињата ќе им се насмевнуваат, а понекогаш дури тие и ќе ги споделуваат нивните единствени и мешани ароми со околината.

Свежите дрвца ќе даваат многу видови на различни овошја. Тие ќе бидат малку поголеми отколку овошјата кои што постојат на оваа земја. Нивната лушпа ќе биде сјајна и тие ќе изгледаат многу вкусно. Не ќе мора да ја лупите лушпата бидејќи таму ќе нема прашина ниту црви. Колку ли прекрасно и среќно ќе изгледала сцената во која што луѓето седат во круг на една убава рамнина и разговараат крај кошниците полни со вкусни и миризливи овоштија?

По широките рамнини исто така ќе има и многу видови на животни. Меѓу нив ќе има и лавови што ќе се хранат со трева и кои што исто така ќе бидат мирољубиви. Тие ќе бидат многу поголеми од лавовите на оваа земја, но воопшто нема да бидат агресивни. Тие ќе бидат прекрасни бидејќи ќе имаат едно питомо однесување и чиста, сјајна грива.

Реката Со Водата На Животот Тивко Ќе Тече

Реката со Водата на Животот ќе тече низ небесата, од Новиот Ерусалим па сé до Рајот и никогаш нема да испари ниту пак да се загади. Водата од оваа река што извира од Престолот на Бога и освежува сé низ небесата, ќе го претставува срцето на Бога. Таа ќе го претставува чистиот и прекрасен ум што е безгрешен, непорочен и совршен без никаквата темнина. Срцето на Бога е совршено и потполно во сé.

Реката со Водата на Животот што тивко тече ќе биде

налик на морската вода во еден сончев ден, во која што се отсликува сонцето. Таа ќе биде толку чиста и проѕирна што не ќе може да се спореди со ниту една вода која што постои на оваа земја. Гледајќи од одредена оддалеченост, таа ќе изгледа сино и ќе биде налик на синото отворено море на Средоземјето или пак на Атлантскиот Океан.

Ќе има и некои убави клупи по патот од секоја страна од Реката со Водата на Животот. Околу клупите ќе бидат дрвјата на животот што ќе даваат плод секој месец. Плодовите на дрвото на животот се поголеми од плодовите на оваа земја и ќе мирисаат и ќе бидат толку многу вкусни што нема да може соодветно да се опишат. Тие ќе се топат како шеќерната волна кога ќе ставите еден таков плод во устата.

Во Рајот Нема Да Има Приватна Сопственост

Луѓето во Рајот ќе носат бели облеки исткаени во еден дел, но нема да имаат некои обележја, како што се украсите за облеките, ниту пак круните или шнолите за косата. Сето тоа ќе биде така бидејќи тие немаат направено ништо за кралството Божјо, во времето кога живееле на оваа земја.

Бидејќи сите оние кои што ќе отидат во Рајот нема да добијат никакви награди, тие нема да имаат ниту сопствени куќи, круни, обележја или пак ангели што би им биле назначени да им служат. Ќе постои само еден простор за духовите кои што ќе живеат во Рајот да можат да се сместат. Тие ќе живеат на тоа место служејќи си еден на друг.

Тоа сето ќе биде слично на Градината Едемска каде што не

постојат индивидуални куќи за секој од жителите, но постои една значителна разлика во степенот на среќата помеѓу двете места. Луѓето во Рајот ќе можат да му се обраќаат на Бога со зборовите "Оче Наш" бидејќи го прифатиле Исуса Христа и го примиле Светиот Дух, па така да ќе можат да ја чувствуваат среќата што не може да биде споредена со среќата на Градината Едемска.

Затоа претставува еден таков благослов и бесценето нешто што вие сте родени на овој свет, ги доживувате сите добри и лоши нешта, станувајќи вистински чеда Божји и стекнувајќи се со вера.

Рајот Е Исполнет Со Среќа И Радост

Дури и животот во Рајот е исполнет со среќата и радоста во рамките на вистината бидејќи таму нема зло и секој прво се грижи за потребите на другите. Никој никого не повредува туку сите само си помагаат едни на други. Колку ли совршен би бил овој живот кога сите би си помагале на овој начин!

Фактот дека не мора да се грижите за сместувањето, облеката и храната и фактот дека таму нема солзи, тага, болести, болка или смрт претставуваат среќа сама по себе.

> *И ќе ја избрише Бог секоја солза од очите нивни, и смрт нема да има веќе; ни плач, ни пискот, ниту болка нема да има веќе, бидејќи поранешното помина* (Откровение 21:4).

Вие ќе можете да видите дека исто како што кај ангелите има некои кои што се одговорни, исто така ќе постоии хиерархија помеѓу луѓето во Рајот, т.е. претставници и оние што се претставувани. Бидејќи делата на верата се разликуваат кај луѓето, оние кои ја имаат релативно поголемата вера ќе бидат назначени како претставници за да се грижат за некое одредено место или пак за некоја одредена група на луѓе.

Овие луѓе ќе носат некои поинакви облеки од обичните луѓе и ќе имаат приоритет во сѐ. Ова не е нешто неправедно, туку нешто што ќе се спроведува со непристрасната праведност Божја што ќе им возвраќа на луѓето според нивните дела.

Бидејќи на небесата не постои љубомора или завист, луѓето никогаш нема да мразат ниту пак да се навредуваат кога ќе им се даваат подобрите нешта на другите луѓе. Наместо тоа, тие ќе бидат среќни и ќе им биде драго што ќе можат да видат како нивните блиски ги добиваат добрите нешта.

Вие треба да сфатите дека Рајот претставува неспоредливо поубаво и посреќно место од оваа земја.

2. Каков Вид На Луѓе Одат Во Рајот?

Рајот претставува едно убаво место кое што е создадено преку Божјата голема љубов и милост. Тоа ќе биде местото за оние кои што не се доволно квалификувани за да се наречат вистинските чеда Божји, но сепак го осознале Бога и поверувале во Исуса Христа, па затоа не може да бидат пратени во пеколот. Тогаш каков ќе биде видот на луѓето кои што ќе одат во Рајот?

Покајувањето Непосредно Пред Смртта

Како прво Рајот ќе биде местото наменето за оние кои што се покајале непосредно пред смртта и кои што го прифатиле Исуса Христа за да бидат спасени, како што бил случајот со криминалецот кој што бил распнат на едната страна од Исуса. Доколку читате во Лука 23:39 па натаму, ќе можете да откриете дека двајца криминалци биле распнати на секоја страна од Исуса Еден од криминалците му кажал навреди на Исуса, но вториот пак го прекорил првиот, се покајал и го прифатил Исуса како неговиот Спасител. Тогаш Исус му кажал на вториот криминалец кој што се покајал дека тој е веќе спасен. Тој му рекол на криминалецот, „Вистина, вистина ти велам, денес ќе бидеш со Мене во Рајот." Овој криминалец само што го прифатил Исуса како негов Спасител. Тој ниту ги отфрлил неговите гревови, ниту живеел според словото Божјо. Бидејќи го прифатил Господа непосредно пред да умре, тој немал време да научи ништо за словото Божјо и да делува во склад со истото.

Вие треба да сфатите дека Рајот е наменет за оние кои што го прифатиле Исуса Христа, но не направиле ништо за кралството Божјо, како што бил случајот со криминалецот, прикажан во Лука 23.

Сепак, доколку си помислите, 'Јас ќе го прифатам Господа непосредно пред да умрам за да можам да влезам во Рајот што е толку среќен и убав и не може да се спореди со оваа земја,' тоа ќе ви претставува една погрешна идеа. Господ му го дозволил тоа на криминалецот бидејќи Тој знаел дека криминалецот го има доброто срце способно да го љуби Бога сè до крајот и дека не би го заборавил Бога кога би имал повеќе време за живеење.

Сепак не секој ќе може да го прифати Господа непосредно пред да умре и верата нема да може да се здобие за еден миг. Затоа вие ќе морате да ја осознаете реткоста на ваквиот случај во кој што криминалецот кој што бил од едната страна на Исуса, бил спасен непосредно пред неговата смрт.

Исто така луѓето што ќе го примаат срамното спасение сепак ќе го имаат злото во нивните срца дури и кога ќе бидат спасени, бидејќи живееле како што сакале.

Тие засекогаш ќе му бидат благодарни на Бога и тоа не само поради фактот дека ќе бидат во Рајот и уживаат во вечниот живот на небесата, само поради прифаќањето на Исуса Христа како нивниот Спасител, па дури и ако не направиле ништо со вера на оваа земја.

Рајот е многу различен од Новиот Ерусалим каде што се наоѓа Престолот на Бога, но фактот дека тие не отишле во пеколот, туку се спасени, сам по себе ќе ги прави среќни и многу радосни.

Недостигот На Растот Во Духовната Вера

Како второ, иако луѓето го прифатиле Исуса Христа и се стекнале со верата, тие ќе го примаат срамното спасение и ќе отидат во Рајот, доколку кај нив немало никаков раст на нивната вера. Не само новите верници туку исто така и оние кои што верувале веќе подолго време ќе мораат да отидат во Рајот доколку нивната вера останала на првото ниво на верата во текот на целото време од нивниот живот.

Еднаш Бог ми дозволи да ја слушнам исповедта на еден верник кој што верувал веќе подолго време, а сепак во моментов се наоѓа во преддворјето на небесата, на ивицата од Рајот.

Тој бил роден во семејство што воопшто не го познавало Бога и ги обожувало идолите а тој самиот започнал да го живее Христијанскиот живот дури подоцна во неговиот живот. Сепак бидејќи тој во себе ја немал вистинска вера, тој сеуште живеел во границите на гревот и затоа го изгубил видот на едното око. Тој сватил што е вистинската вера откако ја прочитал мојата книга со сведоштва *Вкусувањето на Вечниот Живот пред Смртта*, се зачленил во оваа црква и подоцна отишол на небесата додека го водел Христијанскиот живот во оваа црква.

Можев да ја слушнам неговата исповед полна со радост поради тоа што тој бил спасен и бидејќи отишол во Рајот откако толку многу страдал од големата тага, болка и болестите во текот на неговиот живот на оваа земја.

„Јас сум толку слободен и среќен што дојдов тука откако го оставив телесното. Не знам зошто се трудев да се придржувам до телесните нешта. Сите тие беа толку безначајни. Придржувањето до телесните нешта е толку безначајно и бескорисно бидејќи јас дојдов тука откако бев земен од телесното.

Во мојот живот на земјата, имаше некои времиња на радост и благодарност, на разочарување и на очај. Кога тука ќе се погледнам себеси во сета оваа удобност и среќа, јас секогаш се потсетувам на времињата кога се обидував да се потпрам на безначајниот живот и да го одржам тој безначаен живот. Но на мојата душа сега не и недостасува ништо бидејќи јас сум на ова удобно место. И самиот факт што јас сум на местото на спасението ме исполнува со една голема радост.

Мене ми е многу удобно тука на ова место. многу ми е удобно бидејќи го оставив моето тело и уживам во тоа што го пристигнав на ова мирно место по исцрпувачкиот живот на земјата. Навистина не знаев дека е толку среќно нешто да се отфрли телесното, но кога пристигнав на ова место се почувствував толку многу смирено и радосно што сум го оставив телесното.

Да не бидам во состојба да гледам, да чекорам ниту пак да правам многу други нешта, претставуваше физички предизвик за мене во тоа време, но јас сега сум исполнет со радоста и благодарноста откако го примив вечниот живот и дојдов тука бидејќи сега чувствувам дека можам да бидам на ова совршено место, поради сите тие нешта.

Таму каде што сум не е Првото Царство, Второто Царство, Третото Царство или Новиот

Ерусалим. Јас сум само во Рајот но сепак сум преблагодарен и прерадосен што сум успеал да влезам во Рајот.

Мојата душа е задоволна поради ова.
Мојата душа ги искажува пофалбите поради ова.
Мојата душа е среќна поради ова.
Мојата душа е благодарна поради ова.

Јас сум радосен и благодарен бидејќи го завршив бедниот, мизерен живот и сега можам да уживам во овој удобен живот."

Опаѓањето Во Верата Поради Искушенијата

Како последно, има некои луѓе кои што биле верни, но постепено опаѓале и стануавле млаки во верата поради некои различни причини и на крајот едвај се здобиле со спасението.

Еден човек кој што беше старешина во мојата црква верно им служеше на многуте дела во црквата. Така да однадвор се чинеше дека неговата вера е многу голема, но еден ден тој сериозно се разболе. Не беше во состојба ниту да зборува и затоа дојде да ја прими мојата молитва. Наместо да се помолам за неговото излекување, јас се помолив за неговото спасение. Во тоа време неговата душа многу страдаше од стравот што произлегуваше од битката помеѓу ангелите кои што се обидуваа да го одведат на небесата и злите духови кои што се обидуваа да го однесат во пеколот. Доколку ја имал доволната вера за да биде спасен, злите духови не би дошле да го поведат со нив. Па така да јас веднаш се помолив за тоа да ги истерам злите духови и му се помолив на Бога да го прими овој човек. Веднаш по молитвата, тој се смири и пролеа многу солзи. Тој се покаја непосредно пред неговата смрт па така да едвај да беше спасен.

Исто така дури и ако сте го примиле Светиот Дух и сте боле назначени на местото на ѓакон или старешина, ќе биде многу срамно во очите на Бога, ако живеете во греговите. Доколку не се оттргнете од ваквиот вид на малодушен духовен живот, Светиот Дух во вас постепено ќе почне да исчезнува и на крајот вие нема да можете да бидете спасени.

Ги знам делата твои: ти не си ниту студен, ниту жежок; О, да беше барем или студен или жежок! Така да бидејќи си млак а не жежок, ниу студен, ќе те исплукам од устата Своја (Откровение 3:15-16).

Затоа вие ќе морате да сфатите дека одењето во Рајот претставува едно срамно спасение и вие треба да бидете пооптимистички настроени и да тежнеете за созревањето на вашата вера.

Овој човек еднаш во минатото оздраве откако ја прими мојата молитва, па дури и неговата жена повторно оживеа преку мојата молитва, враќајќи се од прагот на смртта. Преку слушањето на словото на животот неговото семејство што порано имаше многу неволји, стана едно среќно семејство. Од тогаш тој осознеа во еден верен работник на Бога, преку неговите настојувања и беше многу верен во неговите должности.

Сепак кога црквата се соочи со искушенија, тој не се обиде да ја одбрани и заштити црквата, туку наместо тоа дозволи неговите мисли да бидат контролирани од Сатаната. Зборовите што излегоа од неговата уста направија толку голем ѕид на гревот помеѓу него и Бога. На крајот тој веќе не можеше да биде под заштита на Бога и беше погоден од тешка болест.

Како работникот на Бога, тој не требаше да гледа ниту да слуша нешта кои што беа против вистината и волјата Божја, но спротивно на ова, тој сакаше да ги слуша тие нешта и потоа и самиот да ги шири. Бог едноставно мораше да го сврти Неговиот образ од него, бидејќи тој се оттргна од големата милост Божја, како што е излекувањето од сериозна болест.

Затоа неговите награди се стопија и тој не можеше да се здобие со силата да се помоли. Неговата вера се повеќе опаѓаше и најпосле го достигна степенот каде што тој не беше дури ни сигурен во спасението. За негова среќа Бог ги беше запаметил неговите служби во црквата од минатото. Па така што човекот можеше да го прими срамното спасение бидејќи Бог му ја додели милоста да се покае за она што претходно го имаше направено.

Полн Со Благодарност Поради Тоа Што Е Спасен

Па каква ли ќе биде исповеда што тој ќе ја даде штом еднаш ќе биде спасен и испратен во Рајот? Бидејќи бил спасен на крстосницата на рајот и пеколот, јас можев да го слушнам него како се исповеда со вистинскиот мир.

„Јас сум спасен на овој начин. Иако се наоѓам во Рајот јас сум задоволен бидејќи се ослободив од сиот страв и потешкотии. Мојот дух што ќе отидеше долу во темнината, дојде на ова убаво и удобно место исполнето со светлината."

Колку ли голема била неговата радост откако бил ослободен од стравот за пеколот! Сепак бидејќи бил срамно спасен како старешина на една црква, Бог ми дозволи да ја слушнам неговата молитва на покајание додека тој престојуваше во Горниот Гроб пред да отиде во Предворјето на Рајот. Тој таму се покаја за своите гревови и ми заблагодари за тоа што се помолив за него. Тој исто така му даде завет на Бога постојано да се моли за црквата и за мене, на која што и служеше сѐ додека не се сретнеме повторно на небесата.

Уште од почетокот на човечката култивација на оваа земја, имало повеќе луѓе кои што ги имале квалификациите да отидат во Рајот отколку севкупниот збир од сите луѓе што се способни да одат на било кое друго место на небесата.

Оние кои што се одвај спасени и ќе отидат Рајот се преблагодарни и посреќни поради тоа што се во можност да уживаат во удобноста и благословите на рајот, поради тоа што не паднале во пеколот, иако не воделе исправни христијански животи на земјата.

Сепак среќата во Рајот не може ниту да се спореди со таа од Новиот Ерусалим и е исто така многу поразлична од среќата на следното ниво, Првото Кралство Небесно. Затоа треба да сфатите дека она што му е поважно на Бога не се годините на вашата вера туку односот на вашето суштинско срце кон Бога и дејствувањето според волјата Божја.

Денеска многу од луѓето им се предаваат на страстите и живеат во грешната природа а се исповедаат дека го примиле Светиот Дух. Таквите луѓе едвај да може да го примат срамното спасение и да отидат во Рајот, или пак да паднат во смртта, односно во пеколот бидејќи Светиот Дух во нив ќе исчезне.

Некои од така наречените верници стануваат арогантни слушајќи го и учејќи го големиот дел на словото Божјо, па им судат и ги проколнуваат другите верници иако тие веќе подолго време ги воделе Христијанските животи Без разлика колку ентузијастички и верни да се за свештенствата Божји, сето тоа ќе биде бескорисно доколку не го согледаат злото во нивните срца и не ги отфрлат нивните гревови.

Затоа се молам во името на Господа, вие чедата Божји кои што сте го примиле Светиот Дух, да ги отфрлите вашите гревови и сите видови на злото и да настојувате да дејствувате само според словото Божјо.

Глава 7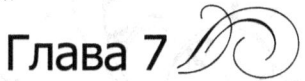

Првото Небесно Кралство

1. Неговата Убавина И Среќа Го Надминува Рајот
2. Каков Вид На Луѓе Ќе Одат Во Првото Кралство?

Секој што се бори
во сé се воздржува

Тие тоа го прават за да се здобијат
со распадлив венец,
а ние пак со неуништливиот.

- 1 Коринтјаните 9:25 -

Рајот е местото за оние кои што го прифатиле Исуса Христа но немаат направено ништо со нивната вера. Тоа претставува многу поубаво и посреќно место отколку оваа земја. Па колку ли поубаво бо можело да биде Првото Кралство Небесно, местото за оние кои што се обидувале да живеат според словото Божјо?

Првото Кралство се наоѓе поблиску до Престолот на Бога отколку што е рајот, но постојат и многу други подобри места на небесата. Сепак оние кои што ќе влезат во Првото Кралство ќе бидат многу задоволни со она што им ќе им биде дадено и ќе се чувствуваат многу среќни. Тоа е нешто како златната рипка да е задоволна со тоа што престојува во стаклената топка, не барајќи ништо повеќе.

Вие ќе видите во детали какво е Првото Кралство небесно што е едно ниво повисоко од рајот и каков вид на луѓе влегуваат тука.

1. Неговата Убавина И Среќа Го Надминува Рајот

Бидејќи Рајот е место за оние кои што не направиле ништо со верата, таму не постои личната сопственост ниту наградите. Од Првото Кралство па натаму, личниот имот како што се куќите и круните ќе им се доделуваат на луѓето како награди.

Во Првото Кралство луѓето ќе живеат во свои куќи и ќе добијат круни кои што ќе бидат вечни. Преголема е славата самиот да имаш сопствена куќа на небесата, па така секој кој што е во Првото Царство ќе ја чувствува среќатта што нема да може да се спореди со таа во Рајот.

Личните Куќи Ќе Бидат Прекрасно Уредени

Личните живеалишта во Првото Кралство нема да бидат индивидуалните куќи туку ќе наликуваат на апартманите или становите од оваа земја. Сепак тие нема да бидат изградени со цемент или цигли, туку со прекрасните небесни материјали како што се златото или скапоценостите.

Овие куќи нема да имаат скали, туку само убави лифтови. На оваа земја вие треба да притиснете копче за лифтот, но на небесата тие автоматски ќе ве водат на спратот на кој што ќе посакате да одите.

Помеѓу оние кои што биле на небесата, има такви кои што сведочат дека виделе апартмани на небесата и сето тоа е така бидејќи тие го виделе Првото Кралство помеѓу мноштвото небесни места. Овие куќи во вид на апартмани имаат сѐ што им е потребно за живеење, па така да таму не постои никаква непријатност.

Има некои музички инструменти за оние кои што ја сакаат музиката, па така да тие ќе можат да свират на нив а има и книги за оние кои што уживале во читањето. Секој ќе си има личен простор каде што тој или таа ќе можат да се одморат и ќе им биде навистина удобно.

На овој начин во Првото Кралство околината ќе биде создадена според желбите на господарот. Така да тоа е многу поубаво и посреќно место од рајот и е исполнето со радоста и удобноста што вие никогаш не можете да ја искусите на оваа земја.

Јавните Градини, Езера, Базени И Слично

Бидејќи куќите во Првото Кралство нема да бидат единечни куќи, ќе постојат јавни градини, езера, базени и терени за голф. Исто е како кога луѓето на оваа земја кои што живеат во апартманите си ги споделуваат јавните градини, тениските игралишта или базените.

Оваа јавна сопственост никогаш не остарува ниту пак се расипува, туку ангелите секогаш ќе ја одржуваат во најдобрата состојба. Ангелите ќе им помагаат на луѓето да ги користат овие капацитети, па така да нема да постојат некои непријатност дури и ако се работи за јавна сопственост.

Во Рајот не постојат некои ангели што служат, но луѓето во Првото Кралство ќе можат да добијат помош од ангелите. Па така да тие ќе чувствуваат многу поразличен вид на радост и среќа на тоа место. Иако нема да има ангел кој што ќе биде одреден да и служи на некоја конкретна личност, таму ќе има ангели кои што ќе се грижат за соодветните капацитети.

На пример, доколку ќе посакате да земете малку овошје или да позборувате со вашите сакани, додека седите на златните клупи блиску до Реката со Водата на Животот, ангелите веднаш ќе ви донесат овошје и учтиво ќе ве послужат. Бидејќи тука ќе има ангели што ќе им помагаат на чедата Божји, среќата и радоста што ќе се чувствува ќе биде многу поразлична од таа во Рајот.

Првото Кралство Ќе Биде Повозвишено Од Рајот

Дури и боите и мирисот на цвеќињата, како и светлината и убавината на крзната на животните ќе се разликуваат од тие кои што ќе бидат во Рајот. Сето тоа ќе биде така бидејќи Бог обезбедил сѐ според нивото на верата на луѓето на секое место на небесата.

Дури и луѓето на оваа земја имаат различни стандарди за убавина. Експертите за цвеќиња, на пример, ќе ја оценуваат убавината на само еден цвет врз основа на многу различни критериуми. На небесата мирисите на цвеќињата во секое небесно место за живеење ќе бидат различни. Дури и во рамките на едно исто место, секој цвет ќе си поседува свој уникатен мирис.

Бог ги создал цвеќињата на таков начин што луѓето во Првото Кралство ќе се чувствуваат многу убаво кога ќе ги помирисаат нив. Се разбира овошјата ќе ги имаат различните вкусови на различните места на небесата. Бог ги има одредено боите и мирисот на секое овошје според нивото на местото за живеење исто така.

Како ќе се подготвувате и ќе ги послужувате гостите кога ќе ви дојдат на посета? Вие ќе се обидете да му излезете во пресрет на вкусот на вашиот гостинот на начин на кој што ќе му се обезбеди врвното задоволство.

На истиот начин Бог има мудро подготвено сѐ за да Неговите чеда бидат задоволни во секој поглед.

2. Каков Вид На Луѓе Ќе Одат Во Првото Кралство?

Рајот е местото на небесата за оние луѓе што се наоѓаат на првото ниво на верата, спасени преку верувањето во Исуса Христа, но кои што не направиле ништо за кралството Божјо. Какви тогаш ќе бидат луѓето што ќе одат во Првото Кралство Небесно кое што ќе биде над Рајот и ќе уживаат во вечниот живот таму?

Луѓето Кои Што Се Обидувале Да Дејствуваат Во Склад Со Словото Божјо

Првото Кралство Небесно е местото наменето за оние кои што го прифатиле Исуса Христа и се обиделе да живеат според словото Божјо. Оние кои што само го прифатиле Господа, кои што доаѓале во црквата во неделите и кои што го слушале словото Божјо, но тие не знаат што навистина претставува гревот, не знаат зошто треба да се молат и зошто треба да ги отфрлат нивните гревови. Исто така оние кои што се на првото ниво на верата ја имаат искусено радоста на првата љубов што е родена преку водата и Светиот Дух, но не сфаќаат што е гревот и се уште ги немаат откриено своите гревови.

Сепак доколку сте успеале да го достигнале второто ниво на верата, вие ќе ги согледате гревовите и праведноста со помошта на Светиот Дух. Па така да вие настојувате да живеете во склад со словото Божјо, но тоа не можете веднаш да го направите. Тоа е нешто слично на тоа кога бебето учи да чекори: детето непрестано ќе го повторува чекорењето и ќе паѓа.

Првото Кралство е местото наменето за ваквите луѓе, кои што се обидуваат да живеат во склад со словото Божјо и на нив ќе им се доделат круни кои што ќе траат вечно. Исто како спортистите кои што мораат да играат во склад со прописите на играта (2 Тимотеј 2:5-6), чедата Божји мораат да водат една добра битка на верата во согласност со вистината. Доколку ги игнорирате правилата на духовното кралство што всушност ги претставуваат Божјите закони, како спортистот што не се натпреварува според правилата, вие тогаш ќе ја имате мртвата вера. Тогаш вие нема да бидете сметани за учесник во играта и нема да ви биде доделена никаква круна.

Сепак, на секого во Првото Кралство, ќе му се додели круна бидејќи тие се обиделе да живеат во согласност со словото Божјо иако нивните дела не биле доволни. Сепак тоа сеуште ќе го претставува срамното спасение. Сето тоа е така бидејќи тие не живееле во потполност според словото Божјо иако ја имале верата за да дојдат до Првото Кралство.

Срамното Спасение Ако Делата Се Изгорени

Тогаш што всушност значи „срамното спасение?" Во 1 Коринтјани 3:12-15, можете да видите дека делата што некој ги создал за време на животот можат да останат или пак да бидат согорени.

Ако некој ѕида врз таа основа со злато, сребро,

драгоцени камења, дрва, сено или слама, делото на секој човек ќе стане јавно видлива; судниот ден ќе го покаже; зашто преку оган ќе се открие, и огнот ќе испита, какво е делото на секого. И ако делото, на оној кој што ѕидал, се задржи, тој ќе ја прими наградата, а оној чие што дело ќе изгори, тој ќе биде оштетен, а самио ќе биде спасен, но преку огнот.

„Основата" тука се однесува на Исуса Христа и значи дека што и да изградите на таа основа, вашето дело ќе биде испитано преку искушенија како огнот.

Во една рака, делата на оние кои што ја имаат верата како златото, среброто или скапоцените камења, ќе останат да стојат дури и при жестоките искушенија, бидејќи тие дејствуваат според словото Божјо. Од друга страна пак делата на оние кои што ја имаат верата како дрвото, сеното или сламата, ќе бидат изгорени кога ќе се соочат со огнените искушенија, бидејќи тие не можат да дејствуваат во склад со словото Божјо.

Затоа, кога овие луѓе соодветно би се поврзале со мерките на верата, златото би било петтата (највисоката), среброто четвртата, скапоцените камења третата, дрвото втората, а сеното првата (и најниската) мерка на вера. Дрвото и сеното имаат живот, и верата како дрво значи дека поединецот ја има живата вера, но таа вера е многу слаба. Сламата е сува и во неа дури и нема живот и таа се однесува на оние луѓе кои што ја немаат никаквата вера.

Затоа оние кои што воопшто ја немаат верата, немаат

никаква врска со спасението. Дрвото и сеното, чии што дела ќе бидат согорени преку огнените искушенија, им припаѓаат на срамното спасение. Бог ќе ја препознае верата од златото, среброто или скапоцените камења, но онаа од дрвото и сеното, Тој не може да ја препознае.

Верата Без Дела Е Мртва Вера

Некој може да си помисли, „Христијанин сум веќе долго време, па мора да сум го поминал првото ниво на верата и најмалку каде што ќе може да отидам ќе биде Првото Кралство." Сепак доколку навистина ја имате верата, вие очигледно ќе живеете во склад со словото Божјо. Со сето што е кажано, доколку го прекршите законот и не ги отфрлите вашите гревови, Првото Кралство а можеби дури и Рајот, може да се случи да ви бидат надвор од дофат.

Библијата ве прашува во Јаков 2:14, *„Каква е ползата, браќа мои, ако некој каже дека има вера, а нема дела? Може ли верата да го спаси?"* Доколку ги немате делата, вие нема да бидете спасени. Верата без дела е мртва вера. Па оние кои што не се борат против гревот, не можат да бидат спасени бидејќи тие се налик на човекот кој што ја примил мината и ја чувал на страна завиткана во парче платно (Лука 19:20-26).

„Мина" тука стои за Светиот Дух. Бог им го дава Светиот Дух како подарок на оние луѓе кои што ги отвориле нивните срца и го прифатиле Исуса Христа како нивениот личен Спасител. Светиот Дух ви овозможува да го согледате гревот, праведноста и судот, и ќе ви помогне да бидете спасени и да отидете на небесата.

Од една страна, доколку го исповедате вашето верување во Бога, но не го обрежете вашето срце ниту со следењето на желбите на Светиот Дух, ниту со дејствувањето во согласност со вистината, тогаш Светиот Дух нема да има потреба да престојува во вашето срце. Од друга страна пак, доколку ги отфрлите вашите гревови и дејствувате во склад со словото Божјо со помошта на Светиот Дух, тогаш вие ќе можете да наликувате на срцето на Исуса Христа, кој што е самата вистина.

Затоа чедата Божји кои што го примиле Светиот Дух како подарок ќе треба да ги осветат нивните срца и да ги дадат плодовите на Светиот Дух, за да го достигнат совршеното спасение.

Физички Верен Но Духовно Необрежан

Бог еднаш ми покажа еден член кој што починал и отишол во Првото Кралство и ми ја покажа важноста на верата проследена со дела. Тој служеше како член на Одделот за Финансии на црквата во текот на осумнаесет години, без предавство во неговото срце. Тој им беше верен и во другите дела на Бога исто така, и затоа му беше дадена титула на старешина. Тој се обиде да дава плодови во бројни деловни активности и му ја одаваше славата на Бога, често прашувајќи се себеси, 'Како може да го остварам кралството Божјо во што поголема мерка?'

Сепак тој не беше толку успешен бидејќи понекогаш го срамеше Бога на тој начин што не го следеше вистинскиот пат поради неговите телесни мисли и поради неговото срце кое што често си ја бараше корист само за себе. Исто така тој правеше и некои нечесни забелешки, им се лутеше на другите луѓе и не го почитуваше словото Божјо од многу аспекти.

Со други зборови, бидејќи тој беше физички верен, но не го обрежа неговото срце – што е најважното нешто – тој остана на второто ниво на вера. Понатаму доколку неговите финансиски и меѓучовечки проблеми продолжеа на тој начин, тој немаше да ја додржи верата туку ќе направеше компромиси со неправедноста.

На крајот, бидејќи степенот на назадување во неговата вера можеше дури и да не му допушти да влезе дури во Рајот, Бог во вистинското време ја повика неговата душа.

Преку духовните општења по неговата смрт, тој ја изрази неговата благодарност и се покаја за многу нешта. Се покаја за тоа што ги повредил чувствата на свештениците така што не ја следел вистината, предизвикал некои луѓе да отпаднат, навредил други и не дејствувал дури ниту по слушањето на словото Божјо. Тој исто така кажал и дека секогаш го чувствувал притисокот бидејќи не се покајал темелно за неговите грешки кога бил на оваа земја, но сега тој беше среќен бидејќи можеше да ги исповеда своите грешки.

Исто така, тој рече дека е благодарен што како старешина, не завршил во Рајот. Сепак доволно срамно беше и да се биде и во Првото Кралство бидејќи беше старешина, но тој се чувствуваше многу подобро бидејќи Првото Кралство е далеку послaвно од Рајот.

Затоа треба да сфатите дека најважното нешто е

обрежувањето на вашето срце, многу повеќе отколку физичката верност и титулите.

Бог Ги Води Неговите Чеда Кон Повисоките Небеса Преку Искушенијата

Исто како што мора да постои напорна обука и многу часови на вежбање за да може еден спортист да победи на игрите, вие исто така ќе треба да се соочите со искушенија за да отидете на подобрите места за живеење на небесата. Бог допушта да им се случат искушенија на Неговите чеда за да потоа ги одведе на подобрите места на небесата и затоа искушенијата можат да бидат поделени во три категории.

Прво, постојат некои искушенија кои што служат за отфрлањето на гревовите. Со цел да станете вистински чеда на Бога, вие треба да се борите против гревовите до точката на пролевање на вашата крв, за да можете во потполност да ги отфрлите гревовите. Сепак Бог понекогаш и ги казнува Неговите чеда бидејќи тие не ги отфрлаат гревовите туку продолжуваат да живеат во гревот (Евреи 12:6). Исто како што родителите понекогаш ги казнуваат нивните деца за да ги насочат кон вистинскиот пат, Бог исто така понекогаш дозволува да им се случат некои искушенија на Неговите чеда со намера тие да станат посовршени.

Второ, постојат некои искушенија за да ве направат вистинскиот сад и да ви ги дадат благословите. Давид дури и кога бил мало момче, ги спасил своите овци така што ја убил мечката или лавот што го напаѓале неговото стадо.

Тој ја имал толку големата вера што дури успеал да го убие и Голијата, од кого се плашела целата Израелска армија, употребувајќи прачка и камен и единствено потпирајќи се на Бога. Причината зошто тој сеуште морал да се соочува со искушенијата, т.е. да биде гонет од кралот Саул, била бидејќи Бог ги дозволил сите тие искушенија за да го направи Давида голем сад и величествен цар.

Трето, постојат некои искушенија за ставање крај на безделништвото бидејќи луѓето може да застранат од Бога доколку не прават ништо. На пример, има некои луѓе кои што се верни во кралството Божјо и следствено на тоа ги добиваат финансиските благослови. Тие тогаш престануваат да се молат и нивниот ентузијазам за Бога полека згаснува. Доколку Бог ги остави во состојбата во која што се наоѓаат, тие може да паднат дури и во смртта. Така да Тој допушта да им се случат искушенија за повторно да им се избистри умот.

Вие треба да ги отфрлите вашите гревови, да дејствувате праведно и да бидете вистинските садови од гледиштето на Бога, сфаќајќи го срцето на Бога што допушта да ви се случат искушенијата на верата. Се надевам дека вие во потполност ќе ги примите чудесните благослови што Бог ги има подготвено за вас.

Некој може да каже, „Сакам да се сменам, но тоа не ми е лесно иако се обидувам." Сепак, тој ќе ги каже таквите нешта не бидејќи навистина му е тешко да се смени, туку во поголема мерка бидејќи нему длабоко внатре во срцето му недостасува подготвеноста и страста да се промени.

Доколку навистина духовно го сфатите словото Божјо и се обидете да се смените од вашето внатрешно срце, тогаш ќе можете бргу да се смените бидејќи Бог ќе ви ја даде милоста и силата да го направите тоа. Светиот Дух, се разбира исто така, ќе ви помага да го изминете тој пат. Доколку само го знаете словото Божјо во вашата глава единствено како збир на знаења, но не делувате соодветно со него, многу е веројатно дека вие ќе останете многу горди или самодоволни и ќе биде тешко да бидете спасени.

Затоа се молам во името на Господа да вие не ја изгубите страста и радоста на вашата прва љубов и да продолжите да ги следите желбите на Светиот Дух, за да се здобиете со подоброто место на небесата.

Глава 8

Второто Небесно Кралство

1. Прекрасните Индивидуални Куќи Наменети За Секој Човек
2. Каков Вид На Луѓе Ќе Отидат Во Второто Кралство?

*Оние, кои се меѓу вас,
постари свештеници,
ги молам јас,
кој што и сам сум свештеник
и сведок на Христовите страдања,
соучесник во славата
што ќе се открие;
пасете го Божјото стадо,
што го имате,
надгледувајќи го не присилно,
туку драговолно,
и според Бога;
не заради неправедната корист,
туку од доброто срце.
И не како да управувате со народот,
Туку давајќи му пример на стадото.
А кога ќе се јави Пастироначалникот,
Ќе го добиете венецот
на славата што нема да свене.*

- 1 Петар 5:1-4 -

Од една страна, без разлика колку сте слушале за небесата, тоа нема да ви биде од полза доколку тоа не го сфатите во вашето срце, бидејќи вие нема да можете да поверувате. Исто како што птицата грабнува семе кое што е останато по жнеењето, така и непријателот Сатаната и ѓаволот ќе го грабнат словото за небесата од вас (Матеј 13:19).

Од друга страна, доколку го послушате словото за небесата и го зграбите истото, ќе можете да го живеете животот на верата и надежта и да дадете плод, да жнеете триесет, шеесет или сто пати од тоа што е посеано. Бидејќи вие ќе можете да делувате во согласност со словото Божјо, не само што ќе можете да ја исполните вашата должност туку исто така ќе можете да станете осветени и верни во целиот Божји дом. Тогаш, какво место претставува Второто Кралство на небесата и каков вид на луѓе ќе отидат во него?

1. Прекрасните Индивидуални Куќи Наменети За Секој Човек

Веќе ви објаснив дека оние кои што ќе отидат во Рајот или во Првото Кралство ќе бидат срамно спасени бидејќи нивните дела нема да можат да опстанат кога ќе поминат низ огнено искушение. Сепак оние што ќе отидат во Второто Кралство ја поседуваат таквата вера што ќе ги издржи огнените искушенија и ќе ги примаат наградите кои што нема да можат да се споредат со оние кои што ќе им се дадат на оние кои што ќе бидат во Рајот или во Првото Кралство, според Божјата праведност која што дозволува да се жнее она што било посеано.

Затоа доколку среќата на оној кој што отишол во Првото Кралство се спореди со среќата на златната рипка во стаклена топка, среќата на оној кој што отишол во Второто Кралство ќе може да се спореди со среќата на китот во бескрајниот Тихи Океан.

Сега, да ги погледнаме карактеристиките на Второто Кралство, фокусирајќи се на куќите и на животот.

Едноспратни Индивидуални Куќи Кои Што Ќе Му Се Доделуваат На Секој Човек

Куќите во Првото Калство ќе бидат како апартмани, а оние во Второто Кралство ќе бидат потполно независни, еднокатни, индивидуални згради. Куќите во Второто Кралство не можат да се спореди со некои убави куќи или пак викендички или куќи за одмор, кои што постојат на овој свет. Тие ќе бидат големи, убави и ќе бидат уредени со стил, со многу цвеќиња и дрвја.

Доколку отидете во Второто Кралство вам ќе ви се даде не само куќата, туку исто така и вашиот најомилен објект. Доколку сакате базен за пливање, ќе ви биде доделен еден таков прекрасно украсен со злато и разни видови на скапоцености. Доколку пак сакате убаво езеро, ќе ви биде дадено езеро. Доколку сакате сала за забави, ќе ви биде дадена таква сала, исто така. Доколку сакате да пешачите, ќе ви биде дадена прекрасна патека исполнета со чудесни цвеќиња и растенија околу која ќе си играат многу животни.

Сепак дури и ако сакате да ги имате и базенот и езерото и салата за забави и патеката итн., вие ќе можете да го имате само она нешто што најмногу го сакате. Бидејќи она што луѓето го поседуваат е различно во Второто Кралство, тие ќе си одат на гости едни кај други и заедно ќе уживаат во она што го имаат.

Доколку оној што ја има салата за забави но го нема базенот ќе сака да плива, тој може да оди кај неговиот сосед кој што го има базенот и да ужива во истиот. На небесата, луѓето ќе си помагаат едни на други и тие никогаш нема да се чувствуваат здодевно ниту пак да одбиваат да примат некој посетител. Наместо тоа, во еден таков случај тие ќе се чувствуваат дури и посреќно и позадоволно. Па така, доколку сакате да користите некои нешта што ги немате, вие ќе можете да ги посетите вашите соседи и да уживате во она што тие го имаат.

Исто така, Второто Кралство ќе биде многу подобро од Првото Кралство во сите аспекти. Се разбира, тоа нема да може ниту да се спореди со Новиот Ерусалим. Тие ги немаат ангелите кои што ќе му служат на секое чедо Божјо. Големината, убавината и раскошноста на куќите исто така многу се разликуваат, а и материјалот, боите и сјајноста на скапоценостите што ги украсуваат тие куќи, исто така многу ќе се разликуваат.

Ознака На Вратата Со Прекрасното И Величественото Светло

Куќа во Второто Кралство ќе претставува една еднокатна

зграда со ознака на влезната врата. Ознаката на влезната врата ќе го наведува сопственикот на куќата, а во некои посебни случаи на истата ќе го пишува и името на црквата во која што служел сопственикот. Тоа ќе биде напишано на ознаката на влезната врата од која што убавите и чудесните светла силно ќе сјаат заедно со името на сопственикот преку небесните букви што ќе наликуваат на арапското или еврејското писмо. Па така луѓето во Второто Кралство ќе речат и ќе прокоментираат, „Ох! Ова е куќата на тој и тој кој што служеше во таа и таа црква!"

Зошто ќе биде напишано името на некоја конкретна црква? Бог го направил тоа за името да биде додадено како славата и честа на членовите кои што и служеле на црквата што ќе го изгради Големото Светилиште за да го прими Господа при Неговото Второ Доаѓање во воздухот.

Сепак, куќите во Третото Кралство и во Новиот Ерусалим немаат некакви ознаки на вратите. Нема да има многу луѓе во ниту едно од овие кралства и преку единствените светла и аромата што ќе излегува од куќите, ќе можете да препознаете на кого овие куќи му припаѓаат.

Чувствувањето Тага Бидејќи Не Сте Потполно Осветени

Некој може да се запраша, „Нема ли да биде непријатно на небесата бидејќи нема да има индивидуални куќи во Рајот, а во Второто Кралство луѓето ќе можат да поседуваат само едно нешто? На небесата, сепак не може нешто да недостасува или да е непријатно. Луѓето никогаш нема да се чувствуваат непријатно бидејќи тие ќе живеат заедно." Тие нема да се чувствуваат скржаво поради тоа што ќе ги делат нивните нешта што ги имаат со другите луѓе. Тие само ќе бидат благодарни поради тоа што се во можност да ги споделат нештата што ги имаат со другите луѓе и тоа ќе го сметаат како изворот на голема среќа.

Исто така, тие нема да почувствуваат жал поради тоа што имаат само една лична сопственост, ниту пак ќе стануваат завидни на нештата што другите ги имаат. Наместо ова, тие секогаш ќе бидат длабоко трогнати и благодарни кон Богот Отецот поради тоа што Тој им дал многу повеќе од она што заслужуваат и тие секогаш ќе бидат задоволни во непроменливата радост и задоволство.

Единственото нешто за кое што ќе чувствуваат тага ќе биде фактот што не се потрудиле доволно и не биле потполно осветени додека живееле на оваа земја. Тие ќе се почувствуваат тажно и посрамено да стојат пред Бога, бидејќи не успеале да го отфрлат сето зло од нив. Дури и кога ќе ги видат оние кои што ќе одат во Третото Кралство или пак во Новиот Ерусалим, тие нема да им завидуваат за нивните големи куќи и славни награди, туку ќе почувствуваат тага поради тоа што потполно не успеале да се осветат себеси.

Бидејќи Господ е праведен, Тој ќе ви овозможи да го пожнеете она што сте засадиле и ќе ве награди во согласност со она што сте го направиле. Затоа, Тој ќе ви го даде местото и наградите на небесата, во соглсаност со тоа колку што сте станале осветени и верни на оваа земја. Во зависност од степенот до кој што вие живеете според словото Божјо, Тој ќе ве награди соодветно и дарежливо на тоа.

Доколку живеете целосно според словото Божјо, Тој ќе ви даде сé што ќе посакате на небесата и тоа 100 %. Сепак доколку не сте живееле во потполност според словото Божјо, Тој ќе ве награди единствено според она што сте го сработиле, но сепак во изобилство.

Затоа без оглед во кое и да е ниво на небесата да влезете, секогаш ќе му бидете благодарни на Бога поради тоа што ви дал многу повеќе отколку што вие сте направиле на оваа земја, бидејќи ќе живеете засекогаш во среќата и радоста.

Круната На Славата

Бог, кој што изобилно наградува, ќе им ја додели круната што нема да исчезне, на оние во Првото Кралство. Каков вид на круна ќе им се доделува на оние во Второто Кралство?

Иако тие не се потполно осветени, ќе му ја оддаваат слава на Бога преку извршувањето на нивните должности. Па така тие ќе ја добијат круната на славата. Доколку читате во 1 Петар 5:1-4, вие можете да видите дека круната на славата е награда дадена на оние кои што го поставуваат примерот кон другите преку тоа што живеат верно според Словото на Бога.

> *Оние меѓу вас кои што се свештеници, јас ги замолувам, кој што сум и самиот свештеник, и сведок на Христовите страдања и соучесник во славата, што ќе се открие; пасете го Божјото стадо, што го имате, надгледувајќи го не присилно, туку драговолно и според Бога; не*

заради неправедната корист, туку од доброто срце. И не како да управувате со народот, туку давајќи му пример на стадото. А кога ќе се јави Пастироначалникот, ќе го добиете венецот на славата што нема да свене.*

Причината зошто се вели, „круната на слава што нема да свене" е бидејќи секоја круна на небесата ќе биде вечна и никогаш нема да избледи. Вие ќе бидете во можноста да согледате какво совршено место се небесата каде што се е вечно и каде што дури ниту една круна не избледува.

2. Каков Вид На Луѓе Ќе Отидат Во Второто Кралство?

Околу Сеул, главниот град на Република Кореја, има придодадени градови, а околу тие градови има мали гратчиња. На истиот начин, на небесата, околу Третото Небесно Кралство во кое што се наоѓа Новиот Ерусалим, се наоѓаат Второто Кралство, Првото Кралство и Рајот.

Првото Кралство е местото наменето за оние луѓе кои што се на второ ниво на верата и кои што се обидуваат да живеат според словото Божјо. Каков вид на луѓе ќе отидат во Второто Кралство? Луѓето на третото ниво на верата кои што ќе живеат според словото Божјо ќе дојдат во Второто Кралство. Сега да разгледаме во детали каков вид на луѓе ќе отидат во Второто Кралство.

Второто Кралство:
Местото Наменето За Луѓето Кои Што Не Се Во Потполност Осветени

Вие ќе можете да отидете во Второто Кралство доколку живеете според словото Божјо и ги исполнувате вашите должности, но вашето срце сеуште нема да биде во потполност осветено.

Доколку сте привлечни, интелигентни и мудри, вие очигледно ќе сакате вашите деца да личат на вас. На истиот начин, Бог кој што е свет и совршен, сака Неговите вистински чеда да личат на Него. Тој ги сака чедата што ќе го љубат Него и што ги извршуваат Неговите заповеди – кои што ќе ги почитуваат бидејќи го љубат Него, а не од чувството на должност. Исто како што вие ќе направите дури и многу пожртвувани нешта доколку навистина сакате некого, доколку навистина го љубите Бога во вашето срце, вие ќе можете да се придржувате на секој од Неговите заповеди, чуствувајќи ја радоста во вашето срце.

Вие ќе почитувате безусловно и со радост и благодарење придржувајќи се до она што Тој ви кажал да се придржувате, отфрлајќи го она што Тој ви кажал да го отфрлите, не правејќи го она што Тој ви забранува да го правите и правејќи се што Тој ви вели да направите. Сепак оние кои што се на третото ниво на верата нема да можат да дејствуваат според Божјото слово со потполната радост и благодарност во нивните срца, бидејќи тие сеуште го немаат достигнато ова ниво на љубов.

Во Библијата пишува за делата на телото (Галатјани 5:19-

21), и страстите на телото (Римјани 8:5). Кога вие ќе делувате поради злото кое што се наоѓа во вашето срце, тоа ќе се нарекува делото на телото. Природата на гревот што ја имате во вашето срце која што сеуште не е прикажана надворешно, се нарекува страстите на телото.

Оние на третото ниво на верата веќе ги имаат отфрлено сите дела на телото што се надворешно видливи, но тие сепак ги имаат страстите на телото во нивните срца. Тие се придржуваат до она што Бог им вели да се придржуваат, го отфрлаат тоа што Бог им вели да го отфрлат, не го прават она што Бог им забранува, а го прават она што Бог им вели да го прават. Сепак, злото во нивните срца сеуште не е во потполност отстрането.

Исто така, доколку ја извршувате вашата должност со вашето срце кое што не е во потполност осветено, вие ќе може да одите во Второто Кралство. „Осветувањето" се однесува на состојбата во која што сте ги отфрлиле сите видови на злото и ја имате само добрината во вашето срце.

На пример, да речеме дека постои некоја личност што ја мразите. Сте го слушнале словото Божјо, кое што кажува, „Не мрази," и се обидувате да не ја мразите таа личност. Како резултат на тоа, вие не ја мразите. Сепак, доколку и не ја љубите таа личност вистински во вашето срце, вие не сте сеуште осветени.

Затоа, да израснете до четвртата мерка на верата од третата, суштински значи да ги вложите своите напори да ги отфрлите гревовите до точката на пролевањето на крвта.

Луѓето Кои Што Ја Исполниле Должноста Со Милоста Божја

Второто Кралство е местото кое што е наменето за оние луѓе кои што не го достигнале потполното осветување на нивните срца туку само ги исполнувале нивните должности дадени од Бога. Да земеме во предвид дека таквите луѓе ќе одат во Второто Кралство така што ќе го разгледаме случајот на еден член кој што почина откако и служеше на Манмин Јоонг-анг (Централната) Црква.

Таа госпоѓа дојде со сопругот во Манмин Централната Црква во годината кога истата беше основана. Страдаше од една тешка болест но беше излекувана откако ја прими мојата молитва, а членовите на нејзиното семејство станаа верници исто така. Тие созреаа во нивната вера и таа потоа стана постара ѓаконица, нејзиниот сопруг стана старешина, а нивните деца израснаа и му служат на Бога како свештеник, жена на свештеник и како истакнат мисионер.

Сепак, таа не успеа да го отфрли секој вид на злото и правилно да ги изврши нејзините должности, но таа се покаја според милоста Божја, добро ја исполни нејзината должност и потоа почина. Господ ме запозна со фактот дека таа ќе престојува во Второто Кралство на небесата и ми овозможи духовно да општам со неа.

Кога таа отиде на небесата, нештата за кои што чувствуваше најмногу тага беа дека таа не успеала да ги отфрли сите нејзини гревови за да стане целосно осветена и податокот што таа навистина не изразила никаква благодарност од нејзиното срце кон нејзиниот пастир кој што се молел за неа да биде излекувана и кој што ја водел со љубов.

Исто така, таа мислеше дека земајќи во предвид што постигнала со својата вера, како му служела на Бога, и кои зборови ги изговорила со нејзината уста, дека ќе може да оди само во Првото Кралство. Сепак, кога таа немаше уште многу време за живеење на оваа земја, преку молитвата исполнета со љубовта на нејзиниот пастир и со нејзините дела кои што му угодија на Бога, нејзината вера бргу израсна и таа беше во можност да влезе во Второто Кралство.

Нејзината вера всушност растеше многу нагло пред таа да почине. Таа се концентрираше на молењето и на дистрибуирањето на илјадниците црковни билтени низ нејзиното соседство. Таа не се грижеше за себеси, туку единствено верно му служеше на Бога.

Ми кажа за нејзината куќа во која што таа ќе живее на небесата. Ми кажа дека, иако тоа е едноспратна куќа, таа е толку прекрасно украсена со убави цвеќиња и дрвја и е толку голема и величествена што не може да се спореди со ниту една куќа на оваа земја.

Секако, споредено со куќите во Третото Кралство или пак со Новиот Ерусалим, таа ќе биде налик на некоја куќа покриена со слама, но таа беше толку благодарна и задоволна бидејќи не заслужи да ја има. Таа сакаше да ја пренесам следнава порака до нејзиното семејство за и тие да можат да одат во Новиот Ерусалим.

„Небесата се поделени многу прецизно. Славата и светлината се многу различни на секое место од небесата, па затоа јас ги охрабрувам и ги упатувам повторно и повторно, да влезат во Новиот Ерусалим. Би сакала да им кажам на членовите на моето семејство кои што се сеуште на земјата, колку е срамно да ги немаме отфрлено сите гревови кога ќе се сретнеме со нашиот Небесен Отец на небесата. Наградите што Бог им ги дава на оние кои што одат во Новиот Ерусалим и грандиозноста на куќите се вредни за завист, но јас би сакала да им кажам колку е тажно и срамно пред Бога, да ги немате отфрлено сите видови на злото. Би сакала да ја пренесам оваа порака на членовите на моето семејство за да тие ги отфрлат сите видови на злото и да влезат на славните места во Новиот Ерусалим."

Затоа, ви укажувам да согледате колку вредно и драгоцено е да го осветите вашето срце и да го посветите вашиот секојдневен живот на кралството и на праведноста на Бога, со надежта за небесата, за да можете силно да напредувате кон Новиот Ерусалим.

Луѓето Верни Во Сѐ Но Кои Што Не Почитуваат Поради Нивната Погрешна Рамка За Праведност

Сега да го погледнеме случајот на еден друг член на црквата кој што го љубеше Бога и верно ја исполнуваше нејзината должност, но не можеше да отиде во Третото Царство поради некои недостатоци кои што ги имаше во нејзината вера.

Таа дојде во Манмин Централната Црква поради болеста на нејзиниот сопруг и стана многу активен член. Нејзиниот сопруг беше донесен во црквата на носилка, но неговата болка исчезна и тој се исправи и почна да чекори. Замислете колку благодарна и радосна таа морала да биде поради тоа! Таа беше секогаш благодарна на Бога кој што ја излекува болеста на нејзиниот сопруг и на нејзиниот свештеник кој што со љубов се молеше за тоа. Таа беше секогаш верна. Се молеше за царството Божјо и се молеше со благодарност кон нејзиниот пастир секогаш кога чекореше, седеше или стоеше, па дури и кога готвеше.

Исто така, бидејќи таа ги сакаше браќата и сестрите во Христа, повеќе ги тешеше другите отколку што самата бараше утеха, и ги храбреше и се грижеше за другите верници. Таа само сакаше да живее според словото Божјо и се обидуваше да ги отфрли сите нејзини гревови до точката на пролевањето на крвта. Таа никогаш не завидуваше ниту пак копнееше по световните материјални нешта туку само се концентрираше на проповедањето на евангелието на нејзините соседи.

Бидејќи таа беше толку верна на кралството Божјо, моето срце ми беше инспирирано од Светиот Дух при гледањето на нејзината верност и затоа побарав од неа да ја одржи мојата религиозна служба. Верував дека доколку таа верно ја изврши нејзината должност, тогаш сите членови на нејзиното семејство вклучувајќи го и нејзиниот сопруг ќе се стекнат со духовната вера.

Сепак, таа не можеше да го испочитува тоа бидејќи се

грижеше за нејзината состојба и беше обземена со нејзините телесни мисли. По извесно време таа почина. Јас бев многу натажен, и додека му се молев на Бога, можев да ја слушнам нејзината исповед преку духовното општење со неа.

„Дури и ако се покајам и се покајам за тоа што не го почитував пастирот, времето не може да се врати назад. Така да јас можам само да се молам за кралството Божјо и за пастирот се повеќе и повеќе. Едно нешто што морам да им го кажам на моите драги браќа и сестри е дека она што пастирот го пренесува е волјата Божја. Најголемиот грев е да не се почитува волјата Божја, а заедно со него, гневот е најголемиот грев. Поради ова, луѓето се соочуваат со тешкотиите и јас бев пофалена бидејќи не се лутев, туку понизувајќи го моето срце настојував да почитувам со сето мое срце. Станав личност која што дува во трубата на Бога. Денот кога ќе ги примам драгите браќа и сестри се наближува. Само искрено се надевам дека моите драги браќа и сестри се со чист ум и ништо не им недостасува за и тие исто така да го исчекуваат овој ден."

Таа се исповедаше многу повеќе отколку кажаново и ми кажа дека причината зошто таа не можела да отиде во Третото Царство била поради нејзиното непочитување.

„Имаше неколку нешта кои што не ги почитував

додека не дојдов во ова царство. Понекогаш велев, 'Не, Не, Не,' додека ги слушав пораките. Не ја исполнував соодветно мојата должност. Бидејќи мислев дека ќе ја извршувам мојата должност кога моите околности ќе станат подобри, ги користев моите телесни мисли. Тоа беше многу голема грешка во очите на Бога."

Таа исто така кажа дека им завидувала на свештениците и на оние кои што се грижеле за финансиите на црквата кога и да ги погледнела, мислејќи дека нивните награди на небесата ќе бидат многу големи. Сепак, таа се исповеда дека кога отишла на небесата тоа не било баш така.

„Не, Не, Не! Единствено оние кои што дејствуваат во согласност со волјата Божја ќе ги добијат големи награди и благослови. Доколку водачите направат грешка, тоа ќе биде многу поголем грев отколку кога обичен член ќе направи грешка. Тие ќе мораат да се молат уште повеќе. Водачите мора да бидат поверни. Тие мора добро да подучуваат. Тие мора да ја поседуваат способноста да разликуваат. Поради тоа е запишано во едното од Четирите Евангелија дека слеп човек води друг слеп човек. Според значењето на зборот 'Не дозволувајте многумина од вас да станат учители,' човекот ќе биде благословен доколку најдобро се потруди во својата работа. Денот кога ние ќе се сретнеме еден со друг како чедата Божји во вечното кралство се приближува. Затоа сите треба да ги отфрлат сите дела на телото, да станат праведни и да ги добијат соодветните квалификации како невестата на Бога, кога ќе застанат пред Бога да немаат никаков срам."

Затоа вие треба да сфатите колку е важно да почитувате не од чувството на должност, туку поради радоста во вашето внатрешно срце и од вашата љубов за Бога, и да го осветите вашето срце. Вие не треба да бидете само редовен посетител на црквата, туку да се преиспитате себеси во кое небесно кралство можете да влезете доколку Отецот сега ја повика вашата душа.

Вие треба да се обидете да бидете верни во сите ваши должности и да живеете според словото Божјо, за да бидете потполно осветени и да ги поседувате сите потребни квалификации за подготвени да влезете во Новиот Ерусалим.

1 Коринтјани 15:41 ви кажува дека славата што секој човек ќе ја прими на небесата ќе биде различна. Се кажува, *„Еден е сјајот на славата на сонцето; друг е сјајот на славата на месечината, инаков е пак сјајот на славата на ѕвездите; па и ѕвезда од ѕвезда по сјајот се разликува."*

Сите оние кои што се спасени ќе уживаат во вечниот живот на небесата. Сепак некои ќе престојуваат во Рајот, додека пак некои други ќе бидат во Новиот Ерусалим, се според нивната мерка на верата. Разликата во славата е толку голема што истата не може да се искаже.

Затоа се молам во името на Господа да не останете во верата само за да бидете спасени, туку како земјоделецот што го продава сиот негов имот за да ја купи нивата и да го ископа богатството, да живеете потполно според словото Божјо и да ги отфрлите сите видови на злото, за да можете да влезете во Новиот Ерусалим и да престојувате во славата што таму сјае како сонцето.

Глава 9

Третото Небесно Кралство

1. Ангелите Ќе Му Служат На Секое Божјо Чедо
2. Каков Вид На Луѓе Ќе Отидат Во Третото Кралство?

*Блажен е оној човек кој
поднесува искушенија;
бидејќи откако ќе биде испитан,
ќе добие венец на животот,
што Господ им го ветил
на оние, кои Го сакаат.*

- Јаков 1:12 -

Господ е Дух и Тој самиот е добрина, светлина и љубов. Поради тоа Тој сака Неговите чеда да се откажат од сите гревови и сите видови на зло. Исус, кој што дојде на овој свет во човечко тело, нема никакви гревови бидејќи Тој е Самиот Господ. Па какви тогаш треба да бидат луѓето за да станат невестата која што ќе го прими Господа?

Да станете вистинско чедо Божјо и невестата на Господа што вечно ќе ја споделува вистинската љубов со Бога, вие ќе морате да наликувате на светото срце на Бога и да се осветите себеси преку отфрлањето на сите видови на зло.

Третото Кралство Небесно, што всушност е и местото за ваквите Божји чеда кои што се свети и кои што наликуваат на срцето Божјо е многу поразлично од Второто Царство. Бидејќи Бог мрази зло и ја сака добрината во најголемата мерка, Тој ќе се однесува со Неговите чеда кои што ќе бидат осветени, на многу посебен начин. Тогаш какво место ќе биде Третото Царство и колку многу треба да го љубите Бога за да отидете таму?

1. Ангелите Ќе Му Служат На Секое Божјо Чедо

Куќите во Третото Кралство ќе бидат многу повеличествени и посовршени од еднокатните куќи во Второто Кралство и едноставно тие ќе бидат неспоредливи едни со други. Тие се украсени со многуте видови на скапоцености и ги имаат сите простории и удопства што нивните сопственици би сакале да ги имаат.

Од Третото Царство па натаму, се доделуваат ангелите кои што ќе му служат не секој од луѓето кои што ќе бидат таму и тие ќе го сакаат и обожуваат својот господар и ќе му служат нему или нејзе најдобро што ќе можат.

Ангели Кои Што Поединечно Ќе Служат

Во Евреи 1:14, се кажва „*Нели се сите тие службени духови, определени да им служат на оние кои што ќе го наследат спасението?*" Ангелите се чисто духовни суштества. Тие наликуваат на човечките суштества по форма како едно од созданијата на Бога, но тие немаат месо ни коски, и немаат ништо поврзано со бракот или смртта. Тие немаат свои личности како што тоа го имаат човечките суштества, но нивното знаење и сила се многу поголеми од оние на човечките суштества (2 Петар 2:11).

Како што во Евреи 12:22 се зборува за десетиците илјади ангели, има безброј ангели на небесата. Бог има воспоставено поредок и хиерархија помеѓу ангелите, определувајќи им различни задачи и давајќи им различна власт во согласност на задачата.

Па така, постојат разлики помеѓу ангелите, како што се ангелот, небесната сила и архангелот. На пример, Гаврил кој служи како граѓански службеник ви доаѓа со одговори на вашите молитви или Божји планови и провиденија (Даниил 9:21-23; Лука 1:19, 1:26-27). Архангел Михаил, кој е како воен офицер е заповедник на небесната армија. Тој ги контролира битките против злите духови и понекогаш и тој самиот ги разбива воените линии на темнината (Даниил 10:13-14, 10:21; Јуда 1:9; Откровение 12:7-8).

Помеѓу тие ангели има ангели кои што им служат индивидуално на нивните господари. Во Рајот, Првото Кралство и Второто Кралство има ангели кои што понекогаш им помагаат на чедата Божји, но нема ниту еден ангел кој што поединечно ќе му служи на неговиот господар.

Има само ангели кои што ќе се грижат за тревата или за цветните патеки, или за јавните капацитети за да се осигураат дека нема непријатности, и има ангели кои што ќе ги испорачуваат пораките на Бога.

Но за оние кои што се во Третото Кралство или во Новиот Ерусалим, ќе им бидат доделени лични ангели бидејќи тие го љубеле Бога и му угодуваа најмногу што е можно. Исто така бројот на ангелите што ќе бидат доделени ќе се разликува според степенот до кој што поединецот наликува на Бога и до кој што му угодил Нему со почитувањето.

Доколку некој има во Нов Ерусалим, куќа што е огромна, безбројните ангели тогаш ќе му бидат доделени, бидејќи тоа значи дека сопственикот ќе наликува на срцето на Бога и дека одвел многу луѓе во спасението. Ќе има ангели што ќе се грижат за куќата, некои ангели кои што ќе се грижат за просториите и удопствата што ќе му бидат доделени како награди и некои други ангели што лично ќе му служат на господарот. Таму навистина ќе има многу ангели.

Доколку отидете во Третото Кралство вие не само што ќе имате свои ангели кои лично вас ќе ве служат, туку исто така ќе имате и ангели кои што ќе се грижат за вашата куќа, а и такви кои што ќе ги пречекуваат и им помагаат на посетителите. Вие ќе бидете толку благодарни на Бога доколку можете да влезете во Третото Кралство бидејќи Бог ќе ви дозволи да владеете засекогаш служени од ангелите што Тој ќе ви ги даде вам, како вечна награда.

Прекрасна Повеќекатна Сопствена Куќа

Во куќите во Третото Царство што се украсени со прекрасните цвеќиња и дрвја, со извонредната арома ќе има градини и езера. Во езерата ќе има многу риби и луѓето ќе можат да разговараат со нив и да ја споделуваат љубовта со нив. Исто така ангелите ќе ви свират убава музика или пак луѓето ќе можат да му се помолат на Богот Отецот заедно со нив.

За разлика од жителите на Второто Кралство, на кои што им е допуштено да имаат само еден омилен предмет или удопство, луѓето во Третото Кралство ќе можат да поседуваат сé што ќе посакаат, како што е на пример игралиште за голф, базен, езеро, патека за пешачење, сала за забави, итн. Затоа, тие нема да мораат да одат во куќите на соседите за да уживаат во нешто што го немаат и тие ќе можат да уживаат кога и да посакаат.

Куќите во Третото Кралство се повеќекатни згради и се навистина прекрасни, совршени и големи. Тие ќе бидат украсени толку прекрасно што дури ни милијардер на овој свет не би можел да има подобра куќа.

Впрочем, ниту една куќа во Третото Кралство нема натпис на вратата. Луѓето едноставно ќе знаат чија куќа е дури и без натписот на вратата бидејќи единствениот мирис што ќе го прикажува чистото и прекрасното срце на господарот, ќе излегува од куќата.

Куќите во Третото Кралство ќе ги имаат различните мириси и ќе бидат со различната сјајност на осветлувањето. Колку што повеќе господарот ќе наликува на срцето на Бога, толку поубава и посјајна ќе биде миризбата и осветлувањето на куќата.

Исто така во Третото Кралство, миленците и птиците ќе им се даваат на луѓето и тие исто така ќе бидат многу поубави, посјајни и помили отколку таквите во Првото или Второто Кралство. Ооблак автомобилите ќе им се даваат за нивна приватна употреба и луѓето ќе можат да патуваат насекаде по бескрајните небеса онолку колку што ќе посакаат.

Како што е објаснето, во Третото Кралство луѓето ќе можат да имаат сè што ќе посакаат. Животот во Третото Кралство е над секоја фантазија.

Круната На Животот

Во Откровението 2:10, има ветување за „круната на животот" која што ќе им биде дадена на оние кои што се верни дури и до точката на смртта за кралството Божјо.

> *Не се плаши воопшто од она, што ќе треба да го истрпиш. Ете, ѓаволот некои од вас ќе фрли в затвор за да ве искушува и ќе бидете нажалени десетина дни. Биди верен до самата смрт и ќе ти го дадам венецот на животот.*

Фразата „биди верен до самата смрт" тука се однесува не само да се биде верен со верата за стануваање маченик, туку исто така да не се прават никакви компромиси со светот и да се стане целосно свет со отфрлање на сите гревови до точката на пролевањето крвта. Бог ги наградува сите оние кои што ќе влезат во Третото Кралство со круните на животот, бидејќи тие биле верни дури и до точката на смртта и успеале да ги надминат сите видови на искушенија и тешкотии (Јаков 1:12).

Кога луѓето од Третото Кралство ќе го посетуваат Новиот Ерусалим, тие ќе си ставаат округол знак на десната ивица на круната на животот. Кога луѓето од Рајот, Првото Кралство или Второто Кралство ќе го посетуваат Новиот Ерусалим, тие ќе го ставаат знакот на левата страна од градите. На овој начин ќе можете да видите дека славата е различна за луѓето во Третото Кралство.

Сепак луѓето во Новиот Ерусалим се под посебната грижа на Бога, па ним не им е потребен знак да се разликуваат од останатите. За нив се води сметка на особено исклучителен начин како за вистинските чеда Божји.

Куќите Во Новиот Ерусалим

Куќите во Третото Кралство се прилично поразлични од куќите во Новиот Ерусалим во однос на големината, убавината и славата.

Пред се, доколку кажете дека големината на најмалата куќа во Новиот Ерусалим е 100, на куќата во Третото Царство е 60. На пример, доколку најмалата куќа во Нов

Ерусалим е од 100,000 квадратни метри, куќата во Третото Царство би била од 60,000 квадратни метри.

Сепак, големината на индивидуалните куќи ќе варира бидејќи целосно ќе зависи од тоа колку многу господарот на истата работел за да спаси што е можно повеќе души и да ја изгради црквата Божја. Како што Исус вели во Матеј 5:5, *„Блажени се кротките, зашто тие ќе ја наследат земјата, "* во зависност од бројот на душите што сопственикот на куќата ги одвел на небесата преку покорното срце, големината на куќата во која што тој или таа ќе живеат ќе биде соодветно одредена.

Па така има многу куќи што се поголеми од десет илјади квадратни метри во Третото Кралство и во Новиот Ерусалим, но дури и најголемата куќа во Третото Кралство ќе биде многу помала отколку куќите во Новиот Ерусалим. Како дополнение на големината, обликот, убавината и скапоценостите за украсување исто така ќе бидат многу различни.

Во Новиот Ерусалим, нема само дванаесет вида на скапоцени камења за темелите, туку исто така и многу други убави скапоцености. Има некои скапоцени камења што се незамисливо големи со неверојатно убави бои. Има толку многу скапоцени камења што не може дури и да се именуваат сите, а некои од нив дури и двократно или повеќекратно ќе се преливаат.

Секако има исто така многу скапоцености и во Третото Кралство, но сепак и покрај нивната разновидност, скапоценостите во Третото Кралство нема да може да се споредат со оние во Новиот Ерусалим. Не постои скапоценост која двојно или тројно се прелива во Третото Кралство. Скапоценостите во Третото Кралство имаат многу поубав сјај споредено со оние во Првото или Второто Кралство, но таму постојат само обични и суштински скапоцености, а дури и истиот вид на скапоценост е помалку убав отколку таквиот во Новиот Ерусалим.

Поради тоа, луѓето во Третото Кралство, кои што се надвор од Новиот Ерусалим кој што е исполнет со Божјата слава, ќе гледаат кон него и ќе копнеат да бидат во него засекогаш.

„Само да се потрудев малку повеќе и
да бев поверен во целиот Божји дом..."
„Само Отецот да го изговори моето име еднаш..."
„Само да сум повикан уште еднаш..."

Има незамисливо количество на среќа и убавина во Третото Кралство, но тоа не може да се спореди со она во Новиот Ерусалим.

2. Каков Вид На Луѓе Ќе Отидат Во Третото Кралство?

Кога го отворате вашето срце и го прифаќате Исуса Христа како вашиот личен Спасител, Светиот Дух тогаш се спушта и ве подучува во врска со гревот, праведноста и страшниот суд и прави да ја согледате вистината. Кога го почитувате словото Божјо, ги отфрлате сите видови на злото и стануватe осветени, вие ќе бидете на степен кога на вашата душа ќе и оди добро – на четвртото ниво на верата.

Оние кои што стигнуваат до четвртото ниво на верата го љубат Бога толку многу и се љубени од Бога па влегуваат во Третото Кралство. Тогаш, каква личност би ја имала соодветната вера со која што би можела да влезе во Третото Кралство?

Да Се Биде Осветен Со Отфрлањето На Сите Видови На Злото

Во времето на Стариот Завет, луѓето не го примале Светиот Дух. Затоа тие не можеле да ги отфрлат гревовите што биле длабоко во нивните срца, со нивната сопствена сила. Поради тоа, тие вршеле физичко обрежување, и доколку злото не се извршило во стварност, тие истото не го сметале за грев. Дури и ако некој имал помисла да убие некого, тоа не било сметано за грев се додека мислата не се претворела во дејство. Само кога мислата била извршувана, истата била сметана за грев.

Сепак во времето на Новиот Завет, доколку го прифатите Господа Исуса Христа, Светиот Дух тогаш влегува во вашето срце. Доколку вашето срце не е осветено, вие не можете да влезете во Третото Кралство. Сето тоа е така бидејќи вие можете да го обрежете вашето срце со помошта на Светиот Дух.

Затоа, можете да влезете во Третото Кралство само кога ќе ги отфрлите сите видови на злото како што се омразата, прељубата, алчноста и некои зла слични на нив, а потоа ќе станете осветени. Тогаш каква личност е таа што го има осветеното срце? Тоа е онаа личност која што го има видот на духовната љубов што е опишан во 1 Коринтјани 13, деветте плодови на Светиот Дух во Галатјани 5, и Блаженствата во Матеј 5, и која што наликува на светоста на Бога.

Секако, тоа не значи дека таа ќе биде на истото ниво со Бога. Без оглед колку многу човечкото суштество ќе ги отфрли своите гревови и ќе стане осветено, неговото ниво ќе биде многу поразлично од она на Бога, кој што е зачетокот на светлината.

Затоа, со цел да го осветите вашето срце, прво ќе треба да создадете добра почва во вашето срце. Со други зборови, ќе треба да го направите вашето срце добра почва со тоа што нема да правите она што Библијата ви вели да не правите и да отфрлите она што Библијата ви вели да отфрлите. Само тогаш, ќе бидете во можност да давате добри плодови кога ќе бидат засадени семињата. Исто како што земјоделецот ги сади семињата откако ќе ја исчисти земјата, семињата засадени во вас ќе никнат, ќе се расцветаат и ќе го даваат плодот, откако сте го направиле она што Бог ви кажал да направите и сте се придржувале до она за што Тој ви кажал да се придржувате.

Затоа осветувањето се однесува на состојба кога поединецот ќе се прочисти од првобитниот и од личните гревови преку делата на Светиот Дух, откако ќе биде повторно роден преку водата и преку Светиот Дух со верувањето во искупувачката сила на Исуса Христа. Да ви бидат простени гревовите преку верувањето во крвта на

Исуса Христа е поразлично од отфрлањето на природата на гревот од вас со помошта на Светиот Дух со непрестаното и посветеното молење и пост.

Прифаќањето на Исуса Христа и станувањето на чедото Божјо, не значи дека сите ваши гревови во вашето срце ќе бидат во потполност отстранети. Вие сеуште ќе го имате злото како што е омразата, гордоста и некои зла налик на нив во вас и затоа процесот на откривање на злото преку слушањето на Словото Божјо и борбата против него до точка на пролевањето на крвта, ќе бидат од суштинско значење (Евреи 12:4).

Вака вие ќе ги отфрлите делата на телото и ќе напредувате кон осветувањето. Состојбата во која што вие сте ги отфрлиле не само делата на телото туку исто така и желбите на телото во вашето срце, е четвртото ниво на верата, состојбата на осветувањето.

Осветен Единствено По Отфрлањето на Гревовите во Природата

Што тогаш се гревовите во нечијата природа? Тоа се сите гревови што се пренесени преку семето на животот, преку родителите, почнувајќи уште од непослушноста на Адама. На пример, можете да видите дека едно бебе кое што нема дури ниту една година старост, има злобен ум. Иако неговата мајка никогаш не го подучувала на некакво зло, како што е омразата или љубомората, тоа сепак ќе се налути и ќе се однесува лошо ако мајка му ја подаде градата на бебето на соседите. Тогаш тоа може да се обиде да го оттурне бебето на соседите и да започне да плаче, исполнето со гнев, доколку другото бебе не се одалечи од мајка му.

Причината зошто дури и едно бебе ги покажува злите дела иако ги нема научено претходно е во тоа што постои грев во неговата природа. Личните гревови се гревовите претворени во физичките дејствија, следејќи ги грешните желби на срцето.

Се разбира дека доколку сте се осветиле од првобитниот грев, очигледно ќе биде дека вашите лични гревови ќе бидат отфрлени, бидејќи коренот на гревовите ќе биде отстранет. Затоа духовното повторно раѓање го претставува почетокот на осветувањето, а осветувањето ја претставува совршеноста на повторното раѓање. Затоа доколку сте повторно родени, јас се надевам дека ќе успеете да живеете еден успешен христијански живот, за да го постигнете осветувањето.

Доколку навистина сакате да станете осветени, да го вратите изгубениот образ на Бога и да се потрудите најдобро што можете, тогаш ќе бидете во можност да ги отфрлите гревовите во вашата природа, со милоста и силата на Бога и со помошта на Светиот Дух. Се надевам дека вие ќе наликувате на Божјото свето срце на оној начин на кој што Тој и ве повикува, *„Бидете свети, бидејќи Јас сум свет"* (1 Петар 1:16).

Осветени Но Не Потполно Верни Во Целиот Божји Дом

Бог ми дозволи да стапам во духовното општење со едно лице кое што веќе беше починато и кое што се квалификувало да влезе во Третото Кралство. Портата на нејзината куќа сега и е украсена со нанижани бисери, а сето тоа и е дадено бидејки таа многу ревносно се молеше со солзите во очите, додека беше тука на оваа земја. Таа била навистина голем верник кој што се молел за кралството, праведноста Божја и за нејзината црква, и за нејзините свештеници и членови, со големата посветеност и солзи за време на молитвите.

Пред да се сретне со Господа, таа беше навистина сиромашна и несреќна така што не можеше да си дозволи да поседува дури ниту едно парченце злато. Откако го прифатила Господа, таа тогаш можела бргу да ита кон осветувањето, бидејки можела да ја почитува вистината, откако ја сватила преку слушањето на словото Божјо.

Исто така таа можела многу добро да ја извршува својата должност бидејки ги примала многуте поуки од свештеникот кого што Бог многу го љубел заради тоа што добро му служел. Поради овој факт таа можела да се најде на сјајното и многу славното место во рамките на Третото Кралство.

Понатаму ќе треба еден многу сјајен скапоцен камен од Новиот Ерусалим да и се постави на портата на нејзината куќа. Тоа ќе биде еден скапоцен камен кој што на нејзе ќе и биде даден од страната на свештеникот на кого што му служела додека била тука на оваа земја. Тој ќе го земе од скапоценостите во неговата дневна соба и ќе и го стави на портата од нејзината куќа, кога ќе оди да ја посети таму. Овој скапоцен камен ќе го претставува знакот дека таа му недостасува на свештеникот кому што му служела на оваа земја, бидејки таа не успеала да влезе во Новиот Ерусалим, иако му била од голема помош тука на оваа земја. Така да многу луѓе во Третото Царство ќе и завидуваат на овој скапоцен камен.

Сепак таа сеуште ќе ја чувствува тагата бидејќи не можела да влезе во Новиот Ерусалим. Доколку ја имала доволната вера да влезе во Новиот Ерусалим, таа и ќе била со Господа, со свештеникот кому му служела на оваа земја и со другите сакани браќа и сестри од нејзината црква, во иднината. Доколку таа била малку поверна кога била на оваа земја, таа ќе можела да влезе во Новиот Ерусалим, но поради непочитувањето што го искажала, таа ја испуштила можноста кога таа и била дадена.

Сепак, таа е многу благодарна и длабоко трогната за славата што и е дадена во Третото кралство и ми се исповеда со зборовите кои што следат. Таа особено е благодарна поради примените скапоцени нешта во вид на награди, кои што не би можела да ги заработи со нејзината сопствена заслуга.

„Иако не можев да одам во Новиот Ерусалим што е исполнет со славата на Отецот, бидејќи не бев совршена во ништо, сепак го имам домот во ова прекрасно Трето Кралство. Мојата куќа е многу голема и многу убава. Иако не е навистина голема во споредба со куќите во Новиот Ерусалим, мене ми беа дадени толку фантастични и извонредни нешта, што светот не може дури ни да си ги замисли.

Јас немам направено ништо посебно. Јас немам дадено ништо посебно. Не направив ниту нешто што би било од голема помош. Ниту пак сторив нешто што би предизвикало радост кај Бога. Сепак славата што јас ја имам тука е толку голема што во срцето можам да почувствувам само тага и благодарност. Му благодарам на Бога за тоа што ми дозволи да престојувам на навистина славното место во рамките на Третото Кралство."

Луѓе Со Верата На Мачеништвото

Исто како што оној кој што го љуби Бога толку многу и станува осветен во неговото срце, ќе може да влезе во Третото Кралство така и вие ќе можете да влезете најмалку во Третото Кралство доколку ја имате верата на маченик за Бога, со која што ќе можете да жртвувате сѐ, па дури и вашиот живот.

Членовите на првите Христијански цркви кои што ја чувале верата додека биле обезглавувани, јадени од лавовите во Колосеумот во Рим или пак палени, ќе ја добијат наградата на мачеништвото, кога ќе бидат на небесата. Не е лесно да се стане маченик, под таквите жестоки прогони и закани.

Околу вас има многу луѓе кои што не ја одржуваат светоста на денот посветен на Бога, или кои што ги запоставуваат нивните од Бога дадени должности поради нивната желба за пари. Ваквиот вид на луѓе, што не можат ниту да ги испочитуваат дури ниту таквите мали нешта, никогаш нема да можат да ја задржат својата вера во некоја животозагрозувачка ситуација, така што ќе им биде многу тешко да станат маченици.

Каков вид на луѓе се тие што можат да ја имаат верата

на мачеништвото? Тоа се оние луѓе кои што ги имаат праведните и непроменливи срца, како што бил Даниил од времето на Стариот Завет. Оние луѓе кои што се двоумат и кои што го бараат нивното сопствено добро, спогодувајќи се со светот, ја имаат многу малата шанса да станат маченици.

Оние луѓе кои што навистина можат да станат маченици ќе мораат да го имаат непроменливото срце како на Даниил. Тој и се придржувал на праведноста на верата, добро знаејќи дека ќе биде фрлен во јамата со лавови. Тој и се придржувал на верата сé до последниот момент кога бил фрлен во јамата со лавовите, поради клеветите изречени од страната на злите луѓе. Даниил никогаш не ја напуштил вистината бидејќи неговото срце било чисто и безгрешно.

Истото се однесува и на Стефан од времето на Новиот Завет. Тој бил каменуван до смрт, додека го проповедал евангелието на Господа. Стефан бил исто така свет човек кој што можел да се моли дури и за оние кои што го каменувале, без оглед на тоа што бил невин. Па тогаш колку ли многу Господ мора да го сакал него? Тој засекогаш ќе чекори со Господа на небесата и неговата убавина и слава ќе бидат извонредни. Затоа вие треба да сфатите дека најважно нешто е да се постигне праведноста и осветувањето на срцето.

Има малкумина луѓе кои што денес ја имаат вистинската вера. Дури и Исус запрашал, *„Но Синот Човечки, кога ќе дојде, ќе најде ли вера на земјата?"* (Лука 18:8) Колку скапоцено би било тоа во очите на Бога доколку станете осветено чедо преку држењето на верата и отфрлањето на сите видови на зло, дури и во овој свет кој што е полн со гревови?

Затоа се молам во името на Господа да вие страсно се молите и да вашето срце биде бргу осветено, тежнеејќи за славата и наградите што Богот Отецот ќе ви ги даде на небесата.

Глава 10

Новиот Ерусалим

1. Луѓето Во Новиот Ерусалим Ќе Се Гледаат Со Бога Лице Во Лице

2. Каков Вид На Луѓе Ќе Одат Во Новиот Ерусалим?

Тогаш јас го видов
светиот град Новиот Ерусалим
како слегува од Бога,
од небото, стокмен како невеста,
припремена за својот маж.
- Откровение 21:2 -

Во Новиот Ерусалим, кој што е најубавото место на небесата и кое што е исполнето со Божја слава, се наоѓаат Престолот на Бога, замоците на Господа и Светиот Дух, а и куќите на луѓето кои што му угодиле на Бога толку многу, преку највисокото ниво на верата.

Куќите во Новиот Ерусалим ќе бидат најубаво направени, на начинот на кој што нивните Господари ќе сакаат истите да им изгледаат. Со цел да се влезе во Новиот Ерусалим, кој што е јасен и прекрасен како кристалот, и засекогаш да се споделува вистинска љубов со Бога, вие не само што ќе морате да наликувате на светото срце на Бога, туку исто така ќе морате да ја извршите вашата должност во потполност како што тоа го направил и самиот Господ Исус.

Тогаш какво ли место е Новиот Ерусалим и каков вид на луѓе ќе отидат таму?

1. Луѓето Во Новиот Ерусалим Ќе Се Гледаат Со Бога Лице Во Лице

Новиот Ерусалим, исто така наречен и небесниот Свет Град е толку убав како што е убава и невестата што се подготвила себеси за својот маж. Луѓето таму ја имаат привилегијата да се сретнат лице в лице со Бога, бидејќи Неговиот Престол се наоѓа таму.

Тој исто така е наречен и „градот на славата" бидејќи таму вие засекогаш ќе ја примите славата од Бога, кога ќе влезете во Новиот Ерусалим. Ѕидовите се направени од јаспис, а градот од чисто злато, јасно како стакло. Има три порти на секоја од четирите страни – север, југ, исток и запад – и на секоја порта се наоѓа по еден ангел стражар. Дванаесетте темели на градот се направени од дванаесете различни видови на скапоцености.

Дванаесетте Бисерни Порти На Новиот Ерусалим

Тогаш зошто дванаесетте порти на Новиот Ерусалим се направени од бисери? Школката опстојува долго време и го употребува сиот свој сок да создаде еден бисер. На истиот начин, вие треба да ги отфрлите гревовите, да се борите против нив до точката на пролевањето на крвта и да бидете верни до точката на смртта пред Бога, во издржливост и самоконтрола. Бог ги создал портите од бисери бидејќи вие ќе морате да ги надминете околностите со радост, за да ги извршувате вашите од Бога дадени должности, иако ќе чекорите по тесната патека.

Така да кога еден човек што ќе влезе во Новиот Ерусалим ќе минува низ бисерната порта, тој ќе пролева солзи од радост и возбуденост. Тој ќе му ја оддава неискажливата благодарност и слава на Бога кој што го довел во Новиот Ерусалим.

Која била причината што Бог ги направил дванаесетте темели од дванаесете различни скапоцени камења? Сето тоа е изведено на тој начин бидејќи комбинацијата на важноста на дванаесетте скапоцени камења е срцето на Господа и на Отецот.

Затоа вие треба да го согледате духовното значење на секој скапоцен камен и да го достигнете духовното значење во вашето срце, за да можете да влезете во Новиот Ерусалим. Јас подетално ќе ви објаснам за овие значења во *Небеса II:Исполнет со Божјата Слава*.

Куќите Во Новиот Ерусалим Се Во Совршеното Единство И Разновидност

Куќите во Новиот Ерусалим се како замоци по нивната големина и величественост. Секоја куќа е посебна според нештата што ги сака сопственикот и претставува едно совршенство на единството и на разновидноста. Исто така, различните бои и светла кои што излегуваат од скапоценостите прават да ја почувствувате убавината и славата што е тешко дури и да се искаже.

Луѓето ќе можат да препознаат на кого некоја куќа му припаѓа само што ќе погледнат во неа. Тие ќе можат да осознаат колку многу нејзиниот сопственик му угодил на Бога, кога тој или таа биле на земјата, со гледањето во светлината на славата и на скапоценостите што ќе ја украсуваат куќата.

На пример, куќата на една личност што станала маченик на оваа земја ќе ги има украсите и записите во врска со срцето и постигањата на сопственикот, сè до моментот на неговото мачеништво. Записот ќе биде врежан на една златна плочка и силно ќе сјае. Истиот ќе гласи, „Сопственикот на оваа куќа стана маченик и ја исполни волјата на Отецот на ден __ од месец __ во годината__."

Дури и од самата порта, луѓето ќе можат да ги видат јасните светла што ќе излегуваат од златната плочка каде што ќе бидат забележани постигањата на сопствеником, и сите оние кои што ќе ја видат, ќе му се поклонат. Маченштвото претставува една многу голема слава и награда, и е гордост и радост на Бога.

Бидејќи на небесата нема зло, луѓето по автоматизам ќе прават наклон со главите кон луѓето, во зависност со рангот и длабочината во која личноста е возљубена од Бога. Исто така, како што луѓето им доделуваат благодарница или пофалница на некои луѓе за нивните заслуги, за да ги прослават нивните големите достигања, исто така и Бог ќе му даде благодарница на секого кој што му ја одавал славата кога бил на оваа земја. Ќе можете да видите дека аромите и светлините ќе се разликуваат според видот на благодарницата.

Бог ќе им дава нешто на луѓето во нивните куќи, со кое што тие ќе можат да се потсетат на нивните животи на оваа земја. Се разбира дека дури и на небесата, вие ќе можете да ги погледате случувањата од минатото на оваа земја, на нешто што ќе наликува на телевизијата.

Златната Круна Или Круната На Праведноста

Доколку влезете во Новиот Ерусалим, вам ќе ви биде дадена вашата сопствена куќа и круната од златото додека круната на праведноста ќе им се доделува на луѓето во согласност на нивните дела. Ова всушност е најславната и најубавата круна на небесата.

Самиот Бог ќе им ги доделува круните од злато на

оние кои што ќе влегуваат во Новиот Ерусалим, а околу Престолот на Бога ќе се наоѓаат дваесет и четирите старци со златни круни.

Околу престолот имаше дваесет и четири престола; а на престолите видов седнати дваесет и четири Старци, облечени во бели алишта, а на главите имаа златни венци (Откровение 4:4).

„Старци" тука не се однесува на називот што се дава во црквите на земјата, туку се однесува на оние кои што се праведни во очите на Бога и кои што се признаени од Бога. Тие се осветени и го достигнале светилиштето во нивните срца, исто како и видливото светилиште. „Достигнувањето на светилиштето во срцето" се однесува на станувањето на човек на духот, со отфрлањето на сите видови на зло. Достигнувањето на видливото светилиште се однесува на потполното извршување на должностите на оваа земја.

Бројот „дваесет и четири" тука ги означува сите луѓе кои што минале низ портата на спасението со верата, како дванаесетте племиња на Израел и станале осветени како дванаесетте ученици на Господа Исуса Христа. Затоа, „дваесет и четирите старци" се однесува на чедата Божји кои што се признаени од Бога и кои што се верни во целиот Божји дом.

Затоа оние кои што ја имаат верата како златото, што никогаш не се менува, ќе ја примат круната од злато, а оние кои што копнеат да се сретнат со Бога, како што бил апостолот Павле, ќе ја примат круната на праведноста.

> *Добро се борев, патот го завршив, верата ја запазив; понатаму ме очекува круната на правдата, што ќе ми ја даде во оној ден Господ, праведниот Судија; но не само мене, туку и на сите кои што му се радуваат на Неговото доаѓање* (2 Тимотеј 4:7-8).

Оние кои што копнеат по доаѓањето на Бога, очигледно ќе живеат во светлината и вистината и ќе станат добро подготвените садови и невестите на Бога. Затоа тие ќе си ги примат заслужените круни.

Апостолот Павле не бил совладан од ниту еден прогон или тешкотија, тој само се трудел да го прошири царството Божјо и да ја постигне Неговата праведност во сето што го правел. Каде и да одел тој во голема мера ја објавувал славата Божја преку неговиот труд и истрајност. Затоа Господ ја подготвил круната на правдата за апостолот Павле. И Тој ќе им ја даде истата круна на сите како него, кои што нестрпливо го очекуваат доаѓањето на Господа.

Секоја Желба Во Нивните Срца Ке Им Биде Исполнета

Она што сте го имале на ум на оваа земја, она што сте сакале да го правите, но сте се откажале од тоа поради посветеноста кон Господа – Бог ќе ви ги врати сите тие нешта и ќе ви ги даде како прекрасни награди, кога ќе бидете во Новиот Ерусалим.

Ззатоа куќите во Новиот Ерусалим ќе имаат сѐ што вие

сте посакале да имаат, за да можете да правите сè што сте посакале да правите, за време на животот на земјата. Некои куќи ќе имаат езера, па така што сопствениците ќе можат да пловат со брод, а некои ќе имаат шума во која ќе можат да се прошетаат. Луѓето исто така ќе можат да уживаат во разговорот со нивните најмили, седнати на масичката за чај, во некој агол од прекрасната градина. Таму ќе има куќи со зелени површини, покриени со жбунови и цвеќиња, па така да луѓето ќе можат да пешачат или да пеат песни пофалници заедно со различните птици и прекрасните животни

На овој начин, Бог го направил сето на небесата онака како што сте сакале да го имате тука на оваа земја, без да недостасува ниту едно нешто кое што би можеле да го побарате. Колку длабоко ќе бидете трогнати кога ќе ги видите сите овие нешта, кои што Бог со голема грижа, ви ги подготвил за вас?

Всушност да се биде во можност да се влезе во Новиот Ерусалим, самото по себе е изворот на среќата Вие засекогаш ќе живеете во непроменливата среќа, слава и убавина. Ќе се чувствувате исполнети со радост и возбуда кога ќе погледнете кон почвата, кога ќе погледнете кон небото или каде и да погледнете на друго место.

Луѓето ќе се чувствуваат спокојно, удобно и безбедно само со тоа што ќе се наоѓаат во Новиот Ерусалим, бидејќи Бог го создал градот за Неговите чеда кои што Тој искрено ги љуби и секој агол од градот ќе биде исполнет со Неговата љубов.

Па така да што и да правите – дали ќе чекорите, ќе се одмарате, ќе играте, ќе јадете или ќе разговарате со другите луѓе – вие тогаш ќе бидете исполнети со среќата и радоста.

Дрвјата, цвеќињата, тревата па дури и животните, ќе бидат сите мили и вие ќе ја чувствувате славата преку величественоста на ѕидовите од замокот, украсите и удопствата во куќата.

Во Новиот Ерусалим, љубовта за Богот Отецот е нешто налик на извор и вие ќе бидете исполнети со вечната среќа, благодарност и радост.

Гледањето Со Бога Лице Во Лице

Во Новиот Ерусалим, каде што е највисокото ниво на славата, убавината и среќата, вие ќе можете лице во лице да се сретнете со Бога и да чекорите со Господа, и ќе можете засекогаш да живеете заедно со вашите најмили.

Вие исто така ќе бидете почитувани не само од ангелите и од небесните сили, туку исто така и од сите луѓе на небесата. Понатаму, вашите лични ангели ќе ви служат како да му служат на некој крал, ќе ги извршуваат сите ваши желби и потреби на еден совршен начин. Доколку ќе посакате да летате на небото, тогаш вашиот личен облак автомобил ќе пристигне и ќе застане пред вашите нозе. Штом ќе влезете во вашиот облак автомобил, вие ќе можете да летате на небото колку што сакате или пак ќе можете да го возите и по земјата.

Па така да, доколку влезете во Новиот Ерусалим, вие ќе можете да се гледате со Бога лице в лице, вечно да живеете со вашите најмили и во еден миг сите ваши желби ќе ви бидат исполнети. Вие ќе можете да имате што и да посакате, и исто така и да бидете третирани како принцови или принцези од некоја бајка.

Учеството Во Забавите Во Новиот Ерусалим

Во Новиот Ерусалим секогаш има некакви забави. Понекогаш Отецот ќе биде домаќин на забавите, а понекогаш Господ или пак Светиот Дух. Вие ќе можете многу добро да ја почувствувате радоста на небесниот живот, преку вакви забави. Вие ќе можете да го почувствувате изобилството, слободата, убавината и радоста на овие забави.

Кога ќе учествувате во забавите кои што ги одржува Отецот, вие ќе ги облечете најдобрите облеки и ќе ги ставите одличјата, ќе јадете и ќе пиете од посебно избраната храна и пијалоци. Вие исто така ќе уживате и во прекрасната музика, пофалбите и во танците. Ќе можете да гледате како ангелите танцуваат или понекогаш вие самите ќе можете да танцувате и да му угодите на Бога.

Ангелите се поубави и посовршени во техниките, но Господ е позадоволен од аромата на Неговите чеда кои што го знаат Неговото срце и го љубат Него од длабочината на нивните срца.

Оние кои што служеле на богослужбите принесени пред Бога на оваа земја, исто така ќе служат и на овие забави за да ги направат поблажени, а оние кои што му ги оддавале пофалбите на Бога преку пеењето, танцувањето и свирењето, повторно ќе го прават истото и на небесните забави.

Вие тогаш ќе облечете нежна, лелеава облека со многу шари, прекрасна круна и разни украси од скапоцените камења со извонреден сјај. Исто така ќе се возите во облак автомобилот или во златнате кочија, во придружба на ангелите, за да присуствувате на овие забави. Дали не ви чука вашето срце со радост и исчекување, само кога ќе го замислите сето ова?

Крстарењата Со Брод По Морето Од Стакло

Во прекрасното море на небесата истекува прозирната и чиста вода која што е налик на кристалот, без никаквата нечистотија. Водата на синото море ќе ги има нежните бранови што ги прави ветрецот и многу силно ќе сјае. Многу различни риби ќе пливаат во водата што ќе биде толку јасна и чиста, така да кога луѓето ќе им се приближат, тие ги отпоздравуваат преку движење на нивните перки и ќе ја изразуваат нивната љубов.

Исто така коралите во разни бои ќе се групираат во групи и ќе пловат. Секогаш кога ќе ви се приближат тие ќе испуштаат светлина сочинета од овие убави бои. Колку ли ќе биде прекрасна таа глетка! Ќе има и многу мали острови во морето и тие извонредно ќе изгледаат. Некои бродови за крстарење кои ќе наликуваат на „Титаник" ќе пловат по морето и ќе има некои забави што ќе се одржуваат на бродовите, исто така.

Овие бродови ќе бидат опремени со сите видови на капацитети, вклучувајќи ги тука и удобното сместување, салите за куглање, базените и салите за забави, па така да луѓето ќе можат да уживаат во што и да посакаат.

Само и да се замислат сите овие фестивали на овие бродови, кои што ќе бидат поголеми и повеличенствено украсени отколку било кој брод за крстарење на оваа земја, заедно со Господа и со вашите сакани, ќе претставува многу голема радост.

2. Каков Вид На Луѓе Ќе Одат Во Новиот Ерусалим?

Оние кои што ја имаат верата како златото, кои што го очекуваат доаѓањето на Бога и кои што се подготвуваат себеси како невестите на Господа, ќе влезат во Новиот Ерусалим. Тогаш, каков човек треба да бидете за да влезете во Новиот Ерусалим, кој што е јасен и прекрасен како кристал и исполнет со милоста Божја?

Луѓето Со Вера Што Му Угодува На Бога

Новиот Ерусалим е местото наменето за оние луѓе кои што се на петтото ниво во верата – оние кои не само што потполно ги осветуваат нивните срца, туку исто така и биле верни во целиот Божји дом.

Верата што му угодува на Бога е таквата вера со која што Бог е темелно задоволен, така што Тој тогаш сака да ги исполни барањата и желбите на Неговите чеда, уште пред и да му побараат нешто.

Како тогаш, можете да му угодите на Бога? Јас ќе ви дадам еден пример. Да речеме дека таткото се враќа назад од работа и им вели на неговите два сина дека е жеден. Првиот син, кој што знае дека неговиот татко сака газиран пијалок, му носи чаша Кока Кола или Спрајт на неговиот татко. Исто така, синот и го масира таткото за да се опушти, иако тоа таткото не го ни побарал.

Од друга страна пак, вториот син само му донел чаша вода на татко му и се вратил во неговата соба. Па сега кажете, кој од двата сина повеќе му угодил на таткото, разбирајќи го во потполност срцето на таткото?

За разлика од синот кој што единствено му ја донел чашата вода, само за да го испочитува зборот на таткото, таткото мора да бил позадоволен со синот кој што му ја донел чашата со Кока Кола, што тој многу ја сака и го измасирал иако тој не го побарал тоа од него.

На истиот начин, разликата помеѓу оние луѓе кои што ќе влезат во Третото Кралство и оние кои што ќе влезат во Новиот Ерусалим се наоѓа во степенот до кој што луѓето му угодиле на срцето на Богот Отецот и биле верни во согласност со волјата на Отецот.

Луѓето Во Целиот Дух Со Срцето На Господа

Оние кои што ја имаат верата што му угодува на Бога, ги исполнуваат нивните срца единствено со вистина и му се верни на целиот Божји дом. Да се биде верен на целиот Божји дом значи да се извршуваат должностите повеќе отколку што тоа се очекува од вас, со верата на Самиот Христос, што исто така значи и да се покорите на волјата на Бога до точката на смртта, не грижејќи се за својот сопствен живот.

Затоа, оние кои што се верни на целиот Божји дом не ги извршуваат делата со нивниот сопствен ум и мисли, туку само со срцето на Господа, духовното срце. Павле го опишува срцето на Господа Исуса Христа во Филипјаните 2:6-8.

[Исус Христос], кој иако беше во обличјето

Божјо, сепак не држеше многу до тоа што е еднаков со Бога; туку Сам Себе се понизи, откако го зеде обличјето на слуга и се изедначи со луѓето; и по вид се покажа како човек; Сам се смири, откако стана послушен дури до самата смрт, и тоа смрт на крстот.

За возврат, Бог го воскресна Него, му го даде името над сите имиња, Го постави да седи на десната страна од Престолот на Бога со славата и му ја даде власта „Кралот над кралевите" и „Господарот над господарите."

Така да исто како што Исус тоа го направил, исто и вие морате да бидете способни да безусловно ја почитувате волјата Божја, за да се стекнете со верата да влезете во Новиот Ерусалим. Па така да, оној кој што може да влезе во Новиот Ерусалим мора да биде во можност да ја согледа дури и длабочината на срцето Божјо. Ваквата личност ќе му угоди на Бога бидејќи ќе биде верна до точката на смртта за да ја следи волјата Божја.

Бог ги прочистува Неговите чеда за да ги поведи да се стекнат со верата како злато и да бидат во можност да влезат во Новиот Ерусалим. Исто како што рударот долго време го измива и пресејува песокот во потрага по златото, исто така и Бог ги задржува Неговите очи на чедата, гледајќи ги како тие се менуваат во прекрасни души и ги измива нивните гревови преку Неговото слово. Кога и да најде чеда што ја имаат верата како златото, Тој повторно се радува и покрај сите Негови болки, несреќа и тага што ја има издржано, за да ја постигне целта на човечката култивација.

Оние кои што влегуваат во Новиот Ерусалим се вистинските чеда со кои се здобил Бог, чекајќи во текот на долгиот временски период, сé додека тие ги смениле нивните срца во срцето на Господа и го достигнале целиот дух. Тие исто така му се скапоцени на Бога и Тој многу ќе ги љуби. Затоа Господ укажува, *„А Самиот Бог на мирот нека ве освети наполно во сé. И целиот ваш дух, душата и телото да се запазат без порок, до доаѓањето на нашиот Господ Исус Христос"* во 1 Солуњани 5:22-23.

Луѓето Кои Што Со Радост Ја Исполнуваат Должноста На Маченишвото

Маченишвото е откажувањето од својот живот. Затоа тоа ја бара цврстата решеност и силната посветеност. Славата и удопствата што личноста ќе ги добие откако ќе го положи својот живот за да ја исполни волјата Божја, на начин на кој што тоа го сторил Исус, се вон секое поимање.

Се разбира, секој кој што ќе влезе во Третото Кралство или во Новиот Ерусалим, ја има верата да стане маченик, но оној кој што всушност станал маченик, се здобива со многу поголема слава. Доколку не сте во состојба да станете маченик, мора да го имате срцето на маченик, да го постигнете осветувањето и во потполност да ги извршите вашите должности, за да ја добиете наградата на маченик.

Бог еднаш ми ја откри славата на еден свештеник од мојата црква, која што ќе ја прими во Новиот Ерусалим откако ќе ја исполни неговата света должност на маченишвото.

Кога ќе пристигне на небесата откако ќе ја исполни

неговата должност, тој ќе пролее многу солзи гледајќи во неговата куќа, заблагодарувајќи му на Бог за љубовта Божја. На влезот од неговата куќа, ќе има огромна градина со многу видови на цвеќиња, дрвја и други украси. Од градината до главната зграда ќе се наоѓа патеката од злато, а цвеќињата ќе ги фалат постигнувањата на нивниот сопственик и ќе го утешуваат со прекрасните мириси.

Понатаму, птиците со златните пердуви ќе ја одразуваат светлината а убавите дрвја ќе бидат засадени во градината. Бројните ангели, сите животни па дури и птиците ќе го слават неговото достигнување на маченишството и ќе го пречекуваат а кога ќе зачекори по цветната патека, неговата љубов кон Господа ќе се претвора во една прекрасна арома. Тој постојано ќе ја изразува својата благодарност од неговото срце.

„Господ навистина многу ме сакаше и ми ја даде скапоцената должност! Затоа сега јас можам да стојам во љубовта на Отецот!"

Внатре во куќата, многу скапоцени камења ќе ги красат ѕидовите и црвеникавата светлина како крв која ќе доаѓа од карнеолот и од светлината на сафирот, ќе бидат навистина извонредни. Карнеолот го покажува тоа дека тој го достигнал ентузијазмот да се откаже од животот и страсната љубов, како што тоа го направил и апостолот Павле. Сафирот ќе го покажува неговото непроменливо, праведно срце и цврстината која што ја имал за да ја зачува вистината сè до точката на смртта. Сето тоа ќе биде направено за потсетување на мачеништвото.

На надворешните ѕидови ќе се наоѓа текст напишан лично од Бога. Во него ќе бидат наведени времињата на искушенијата на сопственикот, кога и како тој станал маченик и во какви услови ја исполнил волјата на Бога. Кога луѓето со верата стануваат маченици, тие го фалат Бога или дури понекогаш говорат за да го величаат Неговото име. Таквите белешки ќе бидат напишани на овој ѕид. Записот ќе сјае толку силно што вие ќе бидете суштински импресионирани и исполнети со среќата и со читањето на истиот, гледајќи ја светлината што ќе произлегува од него. Колку импресивно ќе биде тоа бидејќи Бог, самата светлина, ќе го има тоа напишано! Така да, кој и да ја посети неговата куќа ќе се поклони пред овие факти напишани лично од Бога!

На внатрешните ѕидови од дневната соба ќе има многу големи рамки со многу видови на слики. Цртежите ќе објаснуваат како тој се однесувал откако прв пат го сретнал Господа – колку многу го сакал Господа и сите дела што ги направил и со какво срце, во некое одредено време.

Исто така, во еден агол на градината ќе има многу видови на спортска опрема што ќе бидат изработени од чудесните материјали и кои ќе ги имаат украсите што се незамисливи тука на оваа земја. Бог ги создал истите за да го утеши бидејќи тој многу ги сакал спортовите, но се откажал од нив, заради свештенствувањето. Теговите нема да бидат направени од никаков метал ниту челик, какви што ги има тука на оваа земја, туку ќе бидат направени од Бога, со посебни украсувања. Тие ќе бидат налик на скапоцените камења што прекрасно ќе сјаат. Зачудувачки тие ќе тежат различно во зависност од личноста која што ќе вежба со нив. Оваа опрема нема да се употребува за некој да се одржува во форма, туку ќе се чуваат како сувенири и како изворот на утехата.

Како тој ќе се чувствува гледајќи ги сите нешта што Бог ги има подготвено за него? Тој морал да се откаже од своите желби на земјат поради Господа, но сега неговото срце ќе биде утешено и тој ќе биде преблагодарен за љубовта на Богот Отецот.

Тој едноставно нема да може да престане да му благодари и да го воспева Бога низ солзите, бидејќи Божјото чувствително и грижливо срце му подготвило сѐ што тој некогаш посакувал, без да му недостасува дури и најмалата желба во неговото срце.

Луѓето Целосно Обединети Со Господа И Бога

Во Новиот Ерусалим, Бог ми покажа, се наоѓа една куќа која што е голема колку еден голем град. Таа беше толку неверојатна што јас не можев да се воздржам од изненадувањето гледајќи ја нејзината големина, убавина и величественост.

Куќата што беше многу голема има дванаесет порти – три порти од север, југ, исток и запад. Во центарот се наоѓа голем трокатен замок, украсен со чисто злато и секакви видови на скапоцени камења.

На првиот кат, има многу голема сала во која што не можете да го видите едниот крај од другиот и има многу дневни соби. Тие се користат за забави или како места за состаноци. На вториот кат има соби за одржување и презентирање на круните, облеките и сувенирите а исто така таму се наоѓаат и местата за прием на пророците. Третиот кат исклучиво се употребува за средбите со Господа и споделувањето на љубовта со Него.

Околу замокот има ѕидови што се прекриени со цвеќињата со прекрасните мириси. Реката со Водата на Животот мирно тече околу замокот, а околу реката се наоѓаат мостови од облаците во формата на лакови кои се со боите на виножитото.

Во градината многуте видови на цвеќињате, дрвјата и тревата сочинуваат една совршена убавина. Од другата страна на реката се наоѓа голема шума која што е многу тешко да се замисли.

Исто така таму има забавен парк со многу превозни средства, како што се кристалниот воз, викиншкиот брод направен од злато и други некои реквизити што се украсени со скапоценостите. Тие, кога работат, ослободуваат една извонредна светлина. Покрај забавниот парк има една широка цветна патека, а од горната страна на цветната патека се наоѓа рамнина каде што животните играат едни со други и мирно си одмараат како во тропските савани на оваа земја.

Поинакви од овие, има многу куќи и згради што се украсени со многуте видови на скапоцености, за да светат со една прекрасна и чудесна светлина, насекаде низ областа. Веднаш до градината, исто така има водопади а позади ридот се наоѓа морето по кое што пловат големите бродови за крстарење слични на „Титаник." Сето ова е дел од една куќа, па до сега можевте да замислите колку голема и широка е оваа куќа.

Оваа куќа, која што е налик на еден голем град, претставува туристичко место на небесата и привлекува многу луѓе не само од Новиот Ерусалим туку исто така и од насекаде низ небесата. Луѓето тука уживаат и ја споделуваат љубовта Божја. Исто така, безбројните ангели му служат на сопственикот, се грижат за зградите и капацитетите, го придружуваат облак автомобилот, и го слават Бога преку танцувањето и свирењето на музички инструменти. Сѐ е подготвено за една неискажлива среќа и удобност.

Бог ја има подготвено оваа куќа, бидејќи сопственикот ги има победено сите видови на тестови и искушенија со верата, надежта и љубовта и повел толку многу луѓе по патот на спасението, преку словото на животот и силата Божја, првенствено сакајќи го Бога најмногу од сѐ друго.

Богот на љубовта ги помни сите ваши напори и солзи и ви возвраќа според она што сте го направиле. Тој сака секој да биде обединет со Него и со Господа во една живото-давателна љубов и да вие станете духовните работници, за да поведете голем број на луѓе, по патот на спасението.

Оние кои што ја имаат верата што му угодува на Бога, можат да бидат обединети со Него и со Господа преку нивната живото-давателна љубов бидејќи тие, не само што наликуваат на срцето на Бога и го достигнале целиот дух, туку исто така ги дале и своите животи за да станат маченици. Овие луѓе искрено го љубат Бога и Господа. Дури и да не постоеја небесата, тие нема да се покајат ниту пак да почувствуваат загуба поради она во што можеле да уживаат или да учествуваат на оваа земја. Тие се чувствуваат толку среќно и радосно во нивните срца кога дејствуваат според словото Божјо и кога работат за Господа.

Се разбира, луѓето со вистинската вера живеат во надеж за наградите што Господ ќе им ги даде на небесата, како што е запишано во Евреите 11:6, *„А без верата не е можно да Му се угоди на Бога; бидејќи оние кои што доаѓаат кај Бога треба да веруваат дека Тој постои и дека ги наградува они кои што Го бараат."*

Сепак, ним не им е важно дали постојат небесата или не, или дали постојат наградите или не, бидејќи за нив постои нешто поскапоцено. Тие ја чувствуваат среќа која што е поголема од сѐ, за да се сретнат со Богот Отецот и со Господа, кои што тие искрено ги љубат. Затоа да не бидат во можност да се сретнат со Богот Отецот и со Господа, за нив би претставувало поголема несреќа и таѓа отколку да не ги добијат наградите или да не живеат на небесата.

Оние кои што ја покажуваат нивната бесмртна љубов за Бога и Господа преку давањето на нивните животи дури и ако не постои среќниот небесен живот, се обединети со Отецот и со Господа нивниот младоженец преку нивната живото-давателна љубов. Колку ли голема ќе биде славата и наградите што Бог ги има подготвено за нив!

Апостолот Павле, кој што толку копнеел за доаѓањето на Господа и се вложил себеси во делата Божји и повел толку многу луѓе кон спасението, се исповедал со следните зборови:

> *Оти сигурно знам дека ниту смртта, ниту животот, ниту ангелите, ни властите, ни силите, ни сегашнината, ни иднината, ни височината, ни длабочината, ниту пак некое друго нешто ќе можат да не одделат од љубовта Божја, која што е во Христа Исуса, нашиот Господ* (Римјани 8:38-39).

Новиот Ерусалим е местото наменето за чедата Божји кои што се обединети со Богот Отецот преку оваа љубов. Новиот Ерусалим кој што е јасен и прекрасен како кристалот, каде што постои незамисливата, преобилната среќа и радост е подготвен, на овој начин.

Богот Отецот на љубовта сака сите не само да се спасат туку исто така и да наликуваат на Неговата светост и совршенство, за да можат да дојдат во Новиот Ерусалим.

Затоа се молам во името на Господа да вие согледате дека Господ кој што отиде на небесата да го подготви местото за вас, наскоро ќе се врати и затоа да го постигнете целиот дух и да се чувате себеси непорочни, за да станете прекрасната невеста која што ќе биде во можност да се исповеда, „Дојди што поскоро, Господе Исусе."

Автор:
д-р Џерок Ли

Д-р Џерок Ли е роден во Муан, Покраина Јеоннам, Република Кореа, во 1943 година. Кога имал дваесет години, Д-р Ли почнал да страда од разни неизлечиви болести и седум години ја исчекувал смртта без надежта за оздравување. Еден ден во пролетта 1974 година сестра му го однела во црквата и кога клекнал долу да се помоли, Живиот Бог веднаш го излекувал од сите негови болести.

Од моментот кога Д-р Ли го запознал Живиот Бог преку тоа прекрасно искуство, тој го засакал Бога со сето негово срце и искреност, и во 1978 година бил повикан да стане слугата Божји. Тој предано се молел за да може јасно да ја разбере волјата Божја, во потполност да ја исполни и да ги почитува сите Слова Божји. Во 1982 година, ја основа Манмин Централната Црква во Сеул, Кореа и безбројните дела Божји, вклучувајќи ги чудотворните излекувања и чудесата почнаа да се случуваат во неговата црква.

Во 1986, Д-р Ли беше ракоположен за свештеник на Годишното Собрание на Исусовата Сунгкјул Црква во Кореа и четири години подоцна во 1990 година, неговите проповеди започнаа да се емитуваат во Австралија, Русија, Филипините и во многу други земји, преку Радиодифузното друштво на Далечниот Исток, Азиската Станица за Радиоемитување и Христијанскиот Радио Систем во Вашингтон.

Три години подоцна во 1993 година, Манмин Централната Црква беше избрана како една од „50 Најдобри Цркви во Светот" од страна на магазинот *Христијански Свет* (САД), а тој се здоби со Почесен Докторат за Богословија од Колеџот Христијанска Вера во Флорида, САД и во 1996 го добива Докторатот по Свештеничката Служба од Кингсвеј Теолошката Семинарија, Ајова, САД.

Од 1993 година, Д-р Ли го презеде водството на светската мисија на многу крстоносни походи во странство, вклучувајќи ги тука Танзанија, Аргентина, Л.А., Градот Балтимор, Хаваи, Градот Њујорк во САД, Уганда, Јапонија, Пакистан, Кенија, Филипините,

Хондурас, Индија, Русија, Германија, Перу, Демократска Република Конго и Израел. Неговиот крстоносен поход во Уганда беше емитуван на Си-Ен-Ен а на Израелскиот крстоносен поход одржан во Меѓународниот Конвенциски Центар во Ерусалим, тој го прогласи Исуса Христа за Месија. Во 2002 година беше наречен „свештеникот на светот" од главните Христијански весници во Кореа за неговата работа во различните Големи Обединети Крстоносни походи во странство.

Така во март 2016 година, Манмин Централната Црква има конгрегација од повеќе од 120,000 члена. Има 10,000 локални и подрачни цркви во странство на целата земјина топка вклучувајќи 56 домашни црквени филијали во поголемите градови на Кореа, а досега се воспоставени повеќе од 102 Мисии во 23 земји, вклучувајќи ги Соединетите Држави, Русија, Германија, Канада, Јапонија, Кина, Франција, Индија, Кенија, и многу други.

До денот на ова издание, Д-р Ли има напишано 100 книги, вклучувајќи ги и бестселерите Вкусување на *Вечниот Живот пред Смртта, Мојот Живот, Мојата Вера I & II, Пораката на Крстот, Мерката на Верата, Небеса I & II, Пекол,* и *Силата на Бога*. Неговите дела се преведени на повеќе од 76 јазици.

Неговите Христијански колумни се појавија во весниците *Ханкук Илбо, ЈоонгАнг Дејли, Донг-А Илбо, Сеул Шинмун, КјунгХуанг Шинмун, Кореа Економик Дејли, Кореја Хералд, Шиса Њуз* и *Христијан Прес*.

Д-р Ли во моментов е водач на многу мисионерски организации и здруженија: вклучувајќи го и тоа дека е Претседавач, Обединетите Свети Цркви на Исус Христос; Постојан Претседател, Здружение на Мисијата за Христијански препород во светот; Основач, Основач & Претседател на Одборот, Глобална Христијанска Мрежа (ГХМ); Основач & Претседател на Одборот, Светска Христијанска Мрежа на Доктори (СХМД); и Основач & Претседател на Одборот, Манмин Интернационалната Семинарија (МИС).

Други моќни книги од истиот автор

Рај II

Поканување во Светиот Град Новиот Ерусалим, чии дванаесет порти се направени од светлечки бисери, кој што се наоѓа во самата средина на огромниот Рај величествено блескајќи со бесценетите драгоцености.

Пораката на Крстот

Моќна освестувачка порака за будење на сите луѓе кои што се духовно заспани! Во оваа книга ќе прочитате за причината зошто Исус е единствениот Спасител и за вистинската љубов на Бога.

Пекол

Искрена порака до целото човештво од Бога, Кој што посакува ниту една душа да не падне во длабочините на Пеколот! Ќе откриете никогаш порано –откриено прикажување на суровата реалност на Долниот Ад и Пеколот.

Дух, Душа и Тяло I & II

Преку духовното разбирање за духот, душата и телото, кои што се компонентите на луѓето, читателите ќе можат да погледнат во своето 'себе' и да се здобијат со увид за самиот живот.

Мерката на Верата

Какво живеалиште, круна и награди се подготвени за вас во Рајот? Оваа книга обилува со мудрост и водство за вас да ја измерите вашата вера и да ја култивирате најдобрата и зрела вера.

Разбудениот Израел

Зошто Бог внимана на Израел од почетокот на светот до денешен ден? Каков вид на Негово Провидение е подготвено за Израел во последните денови, кои што го исчекуваат Месијата?

Мојот Живот, Мојата Вера I & II

Најмирисна духовна арома извлечена од животот кој што цветал со една неспоредлива љубов за Бога, во средина на темните бранови, студеното ропство и најдлабокио очај.

Мо́кта на Бога

Четиво што мора да се прочита и што служи како основен прирачник со кој што некој може да ја стекне вистинска вера и да ја искуси прекрасната сила на Бога.

www.urimbooks.com

www.ingramcontent.com/pod-product-compliance
Lightning Source LLC
LaVergne TN
LVHW041659060526
838201LV00043B/498